Jean-Charles

Die Knilche von der letzten Bank

Jean-Charles

Die Knilche von der letzten Bank

Aus Kindermund und Pennälerheften

Mit Zeichnungen von Fritz Biermann

Blanvalet Verlag München

Meiner Mutter
und dem Gedächtnis
meines guten
alten Großvaters
André Mellerio

Aus dem Französischen übertragen
von Siegfried Kadner
Ausgewählt aus
»La foire aux cancres« und »Le rire en herbe«

Umschlagillustration Uwe Mücke, München

Gesamtherstellung Welsermühl, Wels
ISBN 3-7645-1507-4

Kleine Vorrede an meine deutschen Leser

Es war einmal, ganz im Hintergrund der Klasse, ein Schüler mit tintenfleckigen Fingern. Durch das Fenster bemerkte er den Zweig eines Baums, dessen Knospen sich zu öffnen begannen. Morgen ...

Der Schüler fuhr erschrocken zusammen. Der Lehrer hatte gerade seinen Namen genannt und sofort danach hinzugefügt: „Sechs." Hinterher lachten alle, als der Lehrer aus dem Aufsatzheft des Schülers zu lesen begann: „Die drei großen Epochen der Menschlichkeit sind das Steinzeitalter, das Bronzealter und das Pensionsalter" ...

Zahllos sind die, die, fast immer auf der letzten Bank zu Hause, auf solche Weise ihre Lehrer und Kameraden, ohne es zu wollen, zum Lachen gebracht haben. Wie schade, wenn diese Perlen für immer verloren gegangen wären! Deshalb habe ich sie in einem Buch gesammelt, das sich LA FOIRE AUX CANCRES nennt.

Es wurde fortgesetzt mit einem zweiten Buch, LE RIRE EN HERBE, dessen Hauptperson mein Sohn Jérôme ist, ein enfant terrible, dem ich aber seiner drolligen Aussprüche wegen nicht böse sein kann.

In meinen Büchern kritisiere ich Unterrichtsmethoden, aber in der Hauptsache richtet sich diese Kritik gegen das französische Schulsystem. Außerdem gibt es für manche Wortspiele im Deutschen keine entsprechenden Ausdrucksmöglichkeiten. Deshalb mußte mein geschätzter Übersetzer meine beiden Bücher nehmen und eins daraus machen, indem er einen Teil meines Textes wegließ. Das Resultat – nun –, das Resultat scheint mir gut. Ich sage „scheint mir“, weil ich – ich will Ihnen nichts verbergen – das Deutsche wie ein wahrer Knilch der letzten Bank lese.

Zum Glück für Sie habe ich diese Vorrede nicht in deutsch geschrieben und meinem Verleger die Mühe überlassen, sie zu übersetzen. Andernfalls wäre sie voller Fehler gewesen. Ich weiß, Sie hätten das vielleicht ganz komisch gefunden, aber was hätte es mir für Arbeit gemacht! Und um Ihnen auch weiterhin nichts zu verbergen: ich bin fast ebenso faul wie die Knilche von der letzten Bank.

Als ich Schüler war, hielt ich mich immer zum Durchschnitt, weder gut noch schlecht, gerade das, was nötig war, um nicht aufzufallen. Bereits zu dieser Zeit fing ich an, in einem kleinen schwarzen Heft die Redensarten meiner Kameraden und die Worte meiner jüngeren Brüder zu notieren. Ich fuhr damit fort und füllte weitere Hefte, als ich Lehrer war, Radiosprecher, Bordkommissar auf einem Schiff, Berichterstatter bei der UNO, Journalist.

Alle diese Perlen, gebührend aussortiert und zu Ketten aneinandergereiht, haben Millionen Franzosen zum Lachen gebracht. Ich hoffe, daß sie meine deutschen Leser auch zum Lachen bringen werden: Lehrer, Eltern und auch die Schüler der ersten wie der letzten Bank. Denn eine kleine Französin hat mir's erst kürzlich bestätigt: „Alle in der Schule haben Ihr Buch gelesen, die braven Schüler zu Hause und die weniger braven in der Klasse.“

Jean-Charles

Klio, das Flittchen

„Wäre die Nase Kleopatras kürzer gewesen, hätte sich das gesamte Antlitz der Erde verändert.“
Welcher französische Schüler kennt nicht diesen berühmten Ausspruch Pascals?
Für die Kinder ist das kein Problem: Kleopatra war schön; Grund genug, daß sie Julius Cäsar und Marcus Antonius an sich fesselte.
Nun war aber Kleopatra in Wirklichkeit gar nicht so was Besonderes, wie Pascal vermuten läßt. Sie hatte eine dicke, krumme Nase, die so kurz war, daß man nicht begreift, was Pascal da noch hätte abschneiden können. Außerdem hatte sie eine niedrige Stirn, einen wulstigen Mund und eine Allerweltsfigur.
Ältere Schüler wird die Aufklärung über die körperliche Mittelmäßigkeit Kleopatras nicht stören. Sie werden den Schluß ziehen, die Königin von Ägypten habe sich eben prächtig auf die Liebe verstanden.
So oder so, die Liebesfähigkeiten Kleopatras haben meiner Meinung nach mit dem Antlitz der Erde nicht das geringste zu tun, und die ganze schöne Geschichte ist im Grunde nur eine schmutzige Finanzangelegenheit.
Genau betrachtet, sieht es wirklich so aus, als habe sich Cäsar für Ägypten in erster Linie als Getreidespeicher der Mittelmeerländer interessiert und Kleopatra habe er sich als Zugabe gefallen lassen. Außerdem machte sich so was nicht übel in den Augen seiner Soldaten.
Dem Antonius kam es mehr auf Kleopatras Geld als auf ihre Reize an, von denen er als gerissener Gigolo, der er war, nur gerade so viel kostete, daß es ausreichte, sich dafür bezahlen zu lassen. So kann man denn die Geschichte wer weiß was erzählen lassen, und Klio ist

keineswegs die wahrheitshungrige Muse, als die man sie den Schülern vorführt. Ein Flittchen ist sie, das sich zu allen Soßen servieren läßt.

Im Namen dieses Flittchens bekommt nun der Schüler Durand-Dupont eine 6, weil er nicht weiß, daß Jeanne d'Arc, die Jungfrau von Orleans, verbrannt wurde. Nun haben aber ein gewisser Jean Grimod und ein nicht minder gewisser Gérard Pesme je ein Buch geschrieben, um nachzuweisen, daß Jeanne gar nicht von den Engländern geröstet wurde. Die Darstellung der beiden Autoren ist nicht gerade überzeugend, aber der Schüler Durand-Dupont hat durchaus das Recht, ihr Anhänger zu sein. Zum Teufel, wir sind doch schließlich Demokraten!

Und der Schüler Durand-Dubois, der seinem Studienrat erläutert, die Kreuzzüge seien weniger eine Angelegenheit der Religion als des Imports und Exports gewesen, geht ein erhebliches Risiko ein. Je nach den Vorstellungen des genannten Studienrats kann er mit einer 6 rechnen oder mit einer vorzüglichen Zensur.

Sicher gäbe es noch andere Erklärungen: Guy Breton zum Beispiel behauptet, Ludwig der Heilige sei zum Kreuzzug aufgebrochen, um endlich mit seiner Frau allein sein zu können, ohne ständig Bianca von Kastilien auf dem Halse zu haben.

Kurz, die Historiker sind sich niemals einig. Wie soll man's also anfangen, den Kindern in den Volks- und Oberschulen Geschichte beizubringen?

Man mag sie erzählen, ja, aber nichts weiter! Wer erinnert sich übrigens noch an jene langen Reihen von Königen:

Ludwig X. der Dickkopf, Philipp V. der Lange, Karl IV. der Schöne und Johann der Nachgeborene, von dem man nie weiß, wo man ihn unterbringen soll. Einen „Königsrummel" hab' ich's als Junge respektloserweise genannt.

Und die Kriege?

Der Spanische Erbfolgekrieg, der Österreichische Erbfolgekrieg, der Polnische Erbfolgekrieg ...

Und die Verfassungen?

Drei Konsuln, ein Staatsrat, eine gesetzgebende Körperschaft, ein Tribunat, ein Senat ...

Und all das gilt es, auswendig zu lernen, häufig in einer Nacht, um es am Tage der Schularbeit mit einem Ruck schleunigst wieder loszuwerden.

Wer kann zehn Jahre später noch die Jahreszahlen der Schlachten anführen? 1415 Azincourt, 1515 Marignan, 732 Poitiers – vielleicht –, aber ein ehrwürdiges Mit-

glied des Institut de France hat unlängst versichert, daß Karl Martell die Araber 733 geschlagen habe.
Sicher hat man seit meiner Jugend Fortschritte gemacht. Es gibt Studienräte, die vom Verständnis mehr verlangen als vom Gedächtnis, und die Lehrbücher sind illustriert. Aber das reicht nicht, und wenn ich erlebe, was manche Geschichtsbücher für Sieben- und Achtjährige enthalten, bin ich entsetzt. Denn was für die Zehn- und Zwölfjährigen stupide ist, wird für die Kleineren ungeheuerlich.
Und so komme ich auf den ersten Punkt meiner Reform zu sprechen. Die Geschichtsstunden sind durch Fernsehübertragungen zu ersetzen. Gut durchgeführt, gestatten sie den Gymnasiasten wirklich, die Reize Klios zu würdigen. Ich will das Schulfernsehen nicht ein zweites Mal erfinden. Ich weiß, das gibt es schon. Ich bin nur schlechthin für seine allgemeine Einführung in allen Volksschulen, Mittelschulen und Gymnasien.
Bei der anschließenden Diskussion des Filmstreifens wäre es vielleicht angebracht, einige Perlen der Knilche zu zitieren. Die Schüler hätten dabei etwas zum Lachen, und da solche Fehlgriffe von Generation zu Generation immer wieder auftauchen, könnte man sich besser vor ihnen in acht nehmen.
So habe ich denn eine Sammlung historischer Perlen bereitgestellt, die der Feder oder dem Kugelschreiber der Knilche entglitten. Natürlich habe ich mich bemüht, nur authentische Perlen zu zitieren, was nicht so leicht ist. Denn wie bei den Juwelen wimmelt es auch hier von falschen Perlen. Die Rechtschreibung der Knilche habe ich verbessert, soweit ihre Fehler ohne komische

Wirkung sind. Zuweilen habe ich überleitende Sätze hinzugefügt, um sozusagen meiner Tunke die rechte Bindung zu geben.

Die vorgeschichtliche Zeit

Die ersten Menschen lebten in Höhlen, die zweiten Menschen auf der Seite daneben.
Die drei großen Epochen der Menschlichkeit sind das Steinzeitalter, das Bronzealter und das Pensionsalter.
In jener Zeit waren unsere Vorfahren als armselige Tiere gekleidet. In der Folge wohnten sie in Hütten.
Sie hatten keine Kleider, kein Hemd, nur ein Loch, um den Rauch abstreichen zu lassen. Außerdem verfügten sie, um eine Familie zu gründen, nur über ein sehr primitives Werkzeug.
Aus jener Epoche stammen die Menhire. Das waren Kilometersteine, die man nur aus großer Entfernung wahrnehmen konnte.

Ägypten zur Zeit der Pharaonen

Zur Zeit der Pharaonen balsamierten die Lebendigen die Toten ein, damit sie sich nicht langweilten. Außerdem hatten die Ägypter die Gewohnheit, die Leute umzubringen, um Mumien daraus herzustellen. Mumien waren Tote, denen man die Eingeweide weggenommen hatte. Aber das bedeutete nicht, daß sie deshalb auch schon Leichen waren. Sie wurden in Hieroglyphen eingewickelt, und die Ägypter verpflanzten sie dann in die Pyramiden.

Die Pyramiden setzten sich aus einer Totenkammer, einer unterirdischen Gaststätte mit Bar und einem Haufen von Korridoren zusammen, um die Gelehrten irrezuführen.

Die Hebräer und das Königreich Israel

Der berühmteste Hebräer hieß Moses. Er lebte im ersten Abschnitt der Bibel. Der wirkliche Gründer des Königreichs Israel ist David, der den Riesen Colgate tötete. In jener Epoche lebten die Propheten: Das waren die Bewohner Propheziens, ein recht gewerbetüchtiges Völkchen.

Griechenland

Die sagenhafte Geschichte der Griechen kennen wir durch die Ilias und die Odyssee, welche uns Dramen, Gesänge und Zauberlieder vorerzählen. Einer der Helden war Achilles, welchen seine Mutter in den Styx tauchte, um ihn gegen Pfeilschüsse wasserdicht zu machen. Sie ließ ihn so lange im Wasser, bis er ganz unerträglich wurde. Das hinderte Achilles indessen nicht zu sterben, und dann zog Odysseus, als Schaukelpferd verkleidet, in Troja ein.

Die zwei wichtigsten Städte Griechenlands waren Sparta und Athen. In Sparta taten sich die jungen Leute zu Banden zusammen. Während sie Krieg führten, bekamen ihre Frauen Kinder. Sie wurden schon von frühster Jugend an darauf trainiert, recht viele zu bekommen.

Die Athener verstanden sich wie Brüder. Aber sie mußten sich auch gegenseitig gehorchen. Sie trugen eine kurze Jacke, den Peplos. Wenn es regnete, zogen sie sich ihn über den Kopf.

Athen und Sparta machten oft Krieg miteinander. Trotzdem vereinigten sie sich, um gegen die Perser zu kämpfen, die aus den Ischiasländern gekommen waren.

Unter den berühmten Griechen kann man Sokrates anführen. Seine Frau Xanthippe machte ihm eines Tages eine Szene, weil er sich ein Fahrrad kaufen wollte, sie aber nicht.

Der beste Freund des Sokrates war Alcibiades. Als er verwundet war, konnte er seine Selbstliebe nicht besiegen und lief einfach zum Feind über.
Andere berühmte Griechen: Demosthenes, der seit seiner Geburt stotterte, und Alexander der Große, der ein Pferd ohne Kopf großzog. Es hieß Bukephalos.

Die römische Republik

Rom wurde durch Romulus und Cumulus gegründet, zwei Kinder, die von einer Wölfin ausgebrütet wurden.
Die Römer mußten viele Kriege führen, bevor Italien eine Halbinsel wurde. Zuerst einen gegen die Sabiner, deren Frauen sie gekidnappt hatten.
Später ersetzten die Römer die Soldaten durch Gänse. Die fraßen weniger und schrien um so lauter. Durch sie wurde das Kapitol gerettet.
Rom mußte ständig neue Feinde besiegen. Die gefährlichsten waren Pyrrhus und vor allem ein karthilagischer General namens Hannibal. Er war einäugig, und sein Vater hieß Kannibal, der seine Gegner in grausamen Raffinerien umkommen ließ.
Nach all diesen Siegen und noch vielen anderen konnten die Römer sagen, wenn sie vom Mittelmeer sprachen: „Nostradamus!"

Das Römische Reich

Julius Cäsar war ein großer Strategiker. So schnitt er eines Tages seinen Feinden das Hinterteil ab und warf es in den Po. Er eroberte Gallien und Ägypten und ertränkte alle Revolten in Blutinfusionen. Umgebracht wurde er von den Iden des Mars, die ihm schon immer nachgestellt hatten.
Oktavian und Antonius teilten sich in das Reich. Oktavian nahm sich den Westen und Rom, Antonius den Osten und Kleopatra.
Dann entledigte sich Oktavian des Antonius, und unter dem Namen Augustus wurde er Kaiser. Am Schluß seines Lebens zog er sich in sein Mausoleum zurück.
In Rom versetzten sich die Gladiatoren Schwerthiebe, ganz gleich, wo es hintraf, ohne zu wissen, ob sie lebendig waren oder tot.

Unsere Väter, die Gallier

Vor zweitausend Jahren hieß unser Land Gallien. Die Gallier züchteten Hühner, Enten und Dolmen. Es waren wilde Krieger, welche aus den Schädeln ihrer Feinde puren Wasserstoff tranken. Gegen Julius Cäsar kämpften sie tapfer. Nach seinem Sieg bedrückte Cäsar die Gallier durch die Salzsteuer, die Kopfsteuer und die Spielkartensteuer. Heute sind sie gänzlich verschwunden, die Gallier, les Gaullois. Nur den de Gaulle haben sie uns hinterlassen. Gäbe es keinen Fortschritt, dann wären wir immer noch Gallier.

Vercingetorix

König der Gallier war Vercingetorix. Sein Pferd hatte einen gewaltigen Haufen Haare am Hals. Er auch. Um seine Bluse hatte er einen Gürtel geschnallt, an dem er all seine Sachen anbammelte. An dem Tag, an dem er sich übergab, stützte Cäsar das Kinn in die Hand und guckte ihn schräg von der Seite an.
Vercingetorix sagte:
„Für die Freiheit habe ich zu den Waffen gegriffen."
Dann ging er und bestieg sein Denkmal auf der Place de Jaude.

Mittelalterliche Zustände

Im Mittelalter ließen sich die adeligen Herren ihre Burgen auf Hügeln erbauen, damit sie den ganzen Tag über Sonne hatten.
Die Bischöfe wurden vom Volke gewählt, und ihr Amt war erblich.
Da die Bauern noch keine Autos hatten, konnte man

diese auch nicht versteuern. Deshalb wurde das Salz und jeder einzelne Kopf mit Steuern belegt, auch der Rundfunk, wenn sie einen hatten, was damals noch selten war; so armselig waren die Leute in jenen Zeiten dran. Außerdem mußten die Bauern ihrem Herrn alle Produkte ihrer Frau geben.
Häufig gab es Hungersnöte, und um dem Tode zu entgehen, brachten sich dann die Menschen gegenseitig um.

Die Kreuzzüge

Die Kreuzzüge wurden unternommen, um Jerusalem zu befreien, das von den Türken in Haft genommen worden war.

Auch Friedrich Blaubart, der Kaiser des Okzidents, brach auf, kam aber im Wasser um. Die Kreuzzüge dienten dazu, die Soldaten und Kommandanten loszuwerden, die sich wichtig machten. Die Kreuzfahrer nahmen in ihren Brieftaschen Fotos von ihren Frauen und Kindern mit. Bei ihrer Rückkehr waren sie glücklich, rings um ihre treue Gattin neue Kinder vorzufinden.
Damals, im Mittelalter, waren die Priester vom Vater auf den Sohn lauter Junggesellen.

Die Jungfrau von Orleans

Jeanne d'Arc, die Jungfrau von Orleans, wurde zu Hause geboren. Sie hörte Stimmen, die sie dazu aufriefen, ihren Militärdienst abzuleisten.
In Chinon erkannte sie den König, weil sie ihn schon vorher im Foto gesehen hatte. Zuerst behandelte er sie wie eine Verrückte. Aber sie gab nicht nach. Da gab er ihr Männer.
In Compiègne befreite sie Reims von den Feinden. Im Jahr 1429 bemächtigte sie sich der Stadt Orleans. Jungfrau wurde sie erst viel später.
Die Engländer nahmen sie gefangen, setzten sie in Rouen auf einen gewaltigen Holzstoß, piesackten sie mächtig und verbrannten sie.
Sie starb bei lebendigem Leibe.
Die Franzosen waren verzweifelt. Nun hatten sie keine Jungfrau mehr.

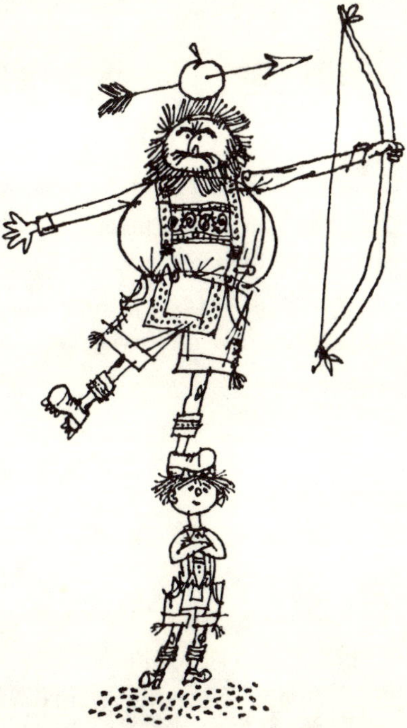

Die Schweizer Jungfrau von Orleans war Wilhelm Tell. Auf dem Kopf seines Sohnes stehend, durchbohrte er mit seinem Pfeil einen Apfel.

Philipp IV.

Philipp der IV., genannt der „Schöne“, geriet in Konflikt mit dem Papst Bonifazius VIII., den er beschuldigte, seinen Nachfolger getötet zu haben. Philipp weigerte sich, den Gang nach Casanova anzutreten.

Ursprünge der englischen Reformation

Heinrich VIII. von England verlangte vom Papst, seine erste Ehe solle nichts mehr gelten. Als dieser sich weigerte, trennte er sich von der Kirche, ließ sich scheiden und heiratete wieder. Demnach nahm in England die Reformation einen reinweg wollüstigen Charakter an.

Heinrich IV.

Heinrich IV. wurde katholisch, als er einsah, dies könne er nicht sein, wenn er protestantisch bliebe. Auf seinen Befehl machte Edith von Nantes den Religionskriegen ein Ende. Er war der Verbündete der Königin Elisabeth I. von England, der königlichen Jungfrau. Erfolg hatte sie vor allem als Königin. Durch einen Verrückten namens Cadillac kam Heinrich IV. bei einem Autounfall ums Leben.

Ludwig XIII. und Richelieu

Unter Ludwig XIII. gehörte die ganze Macht dem Kardinal Richelieu. Dieser ließ in La Rochelle die Kommunisten einsperren und schickte die Adeligen aufs Schafott, um sie einzuschüchtern. Außerdem ließ er sie enthaupten, um sie daran zu hindern, sich gegenseitig dummerweise im Duell umzubringen.

Ludwig XIV.

Bei der Geburt seines Vaters war Ludwig XIV. fünf Jahre alt. Er lebte bis zu seinem Tode im Jahre 1715. Er ließ sich von Herren umgeben, die man „courtisans" nannte. Ihre Frauen waren die Kurtisanen.
Sein bester Minister war Colbert, der nie genug Papier auf seinem Schreibtisch haben konnte. Er arbeitete achtundvierzig Stunden pro Tag.

Ludwig XV.

Wenn ein König kein Kind hat, dann wird sein Enkel sein Nachfolger. So kam Ludwig XV. auf den Thron. Lauter Ludwige! Die Bourbonen haben wahrhaftig nicht viel Phantasie gehabt.
Von den Damen, die Pfennigabsätze trugen, die er erfunden hatte, wurde er „der Vielgeliebte" genannt.

Die Französische Revolution

Die Philosophen des 18. Jahrhunderts ließen sich von den Griechen beeinflussen. Sie begriffen die Wohltaten einer Gesellschaft, in der jedermann zu befehlen hat. Die Revolution haben die Franzosen dann veranstaltet, um den Sturm auf die Pastille zu feiern.
Die drei Vorläufer der Revolution heißen: Jean, Jacques und Rousseau. Im Mai 1789 berief Ludwig XVI. die Generalstände: den Adel, die Geistlichkeit und die aus der dritten Etage.
Dann kam der Konvent, der die Republik verkündete. Die Monate hießen jetzt anders, z. B. Fructidor, Messidor, Isidor. Mit einer halben Stimme Mehrheit wurde der König zum Tod verurteilt. Um den Unglücklichen beizustehen, wurde der Wohlfahrtsausschuß eingerichtet. Unter dem Namen „Heilsarmee" existiert er heute noch. Unter Marat und Robespierre herrschte der Terror, und nur wenigen Adeligen glückte es, den Maschen der Guillotine zu entschlüpfen.
Es gab damals viele Hausangestellte, die sich lieber guillotinieren ließen, als ihre Herrschaft zu verraten, und die nach Herstellung der Ruhe wieder schweigend ihren Dienst aufnahmen. Robespierre mußte es erleben, daß er geköpft wurde.

Napoleon I.

Im Jahre 1768 kaufte Frankreich Korsika, kurz vor der Geburt Napoleons, um auch sicher zu sein, daß er Franzose würde. Er war ein großer Strategiker. Während des ägyptischen Feldzugs schickte er erst den Bonaparte, dann kam er selber und verfolgte die Juden quer über das Rote Meer. Er hatte Champollion mitgebracht, der endlose Scherereien hatte, um das ägyptische Gekritzel der Hieroglyphen zu entziffern. Da Nelson seine Flotte bei Abukir versenkt hatte, mußte er nebst seinen Gelehrten zu Fuß nach Hause.

Ganz jung verehelichte er sich mit Josephine Baker. Als aber keine Kinder kamen, wollte er nichts mehr von ihr wissen und heiratete St. Helena. Er konnte mehrere

Briefe zugleich diktieren. Deshalb war er auch ein Diktator. Horace Vernet hat ihn abgemalt. Es ist ein wunderbares Bild. Der Kaiser ist darauf zwei Meter groß, während er zu Fuß doch bedeutend kleiner war. Die Engländer mochte er gar nicht. Er warf ihnen vor, sie hätten ihn mit St. Helena auf einer Insel sterben lassen. Er veranstaltete gegen sie die Sentimental-Blockade. Dann zog er sich nach Rußland zurück.

Die Dritte Republik

Der Präsident der Republik wurde für sieben Jahre gewählt und war alle drei Jahre zu einem Drittel erneuerungsbedürftig. Der Unterschied zwischen einem König und einem Präsidenten der Republik besteht darin, daß der König der Sohn seines Vaters ist, der Präsident aber nicht.

Im Jahre 1875 durften zur Wahl nur die Männer in die Urne treten. Heute muß man, um Wähler zu sein, beiden Geschlechtern angehören.

Die Dritte Republik entfaltete das Kolonialreich Frankreichs. Die schönsten Kolonien sind die Ferienkolonien.

Die beiden Weltkriege

Das Attentat von Sarajewo war der Wassertropfen, der die Lunte am Pulverfaß zur Entzündung brachte. In der Bewältigungsperiode wurde der Völkerbund gegründet. Das war eine Versammlung von Abgesandten der Nationen, die den Krieg vorbereiten. Franzosen und Deutsche schafften es nicht, sich zu verständigen, da sie nicht auf dem gleichen Trittbrett standen. Hitler entfesselte den Krieg. Er war der Verfasser von „My Kampf". Er verbündete sich mit Italien, dessen Bevölkerung ziemlich gering war. Einige Jahre später hatte sie sich verdoppelt dank einer persönlichen Anstrengung Mussolinis. Deutschland und Italien wurden besiegt.
Im Jahre 1945 ließen die Amerikaner die erste Atombombe gegen Japan los, welche Tausende von Hierochinesen umbrachte. Als die Fahrzeuge des amerikanischen Geschwaders Japan überflogen, machten die Japaner Schluß.

Der General de Gaulle

Der General de Gaulle ist im Pariser Becken geboren. Er ist in die Schule gegangen. Als er schon ziemlich alt war, hat man ihn zum General gemacht. Als er jung war, hat er Eroberungen gemacht. Durch Granaten ist er mehrfach verwundet worden.

Er ist mutig.
Er ist die höchste Person im Staate. In der Menge sieht er aus wie ein Riese. Er macht wunderbare Reisen. Fast immer hat er seinen Sonntagsanzug an. Er trägt eine Mütze und meistens eine Militärhose.
Er ist klug. Wenn er Reden hält, sagt er sie aus dem Kopf her, als hätte er sie auswendig gelernt. Er redet oft. Hinterher ist er heiser. Er steht im Lexikon.

Die Automatisierung

Mit dem Maschinismus wird der Mensch mehr und mehr durch die automatische Pistole ersetzt.

Der „Who's who?" der Knilche

„Wenn ich eine Klasse betrete und feststelle, daß geschrieben, gerechnet und gelesen wird, bin ich zufrieden. Der Rest kann mir gestohlen bleiben."
Ein alter Schulinspektor hat zu Beginn dieses Jahrhunderts so gesprochen. Der pensionierte Volksschullehrer, der mir diese Betrachtung mitteilte, fügte hinzu:
„Über diese Weisheit ist man weit hinausgegangen, und die Überlastung der Schulpläne ist nur zu beklagen."
Sicher, die heutigen Kinder sind die ersten, die etwas anderes lernen wollen als Lesen, Schreiben und Rechnen.
Aber was sie lernen wollen, steht leider nicht im Schulplan. Ich kann nur wiederholen: Das Perlgewimmel ist der Beweis, daß nichts so verläuft, wie es sein müßte.
Statt mich über Kunst und Methode des Geschichtsunterrichts in weitschweifigen Erörterungen zu verlieren, habe ich es vorgezogen, ein Lexikon der Prominenten zu bieten, einen „Who's who?" der Knilche. Er gestattet festzustellen, daß man weit entfernt ist von dem Ratschlag des alten Ernest Lavisse:
„In der Schule soll man den Schülern zu Beginn die Geschichte so nahebringen, wie ein Großvater seinen Enkeln eine Geschichte erzählt."
Freilich, wenn die Kinder größer werden, wachsen sie über das Stadium der Anekdote hinaus. Aber dann muß die Geschichte weniger eine Aufzählung sein als eine Quelle der Vergleichsmöglichkeiten, die es gestattet, heutige Vorgänge besser zu begreifen.
So kommt mir denn auch die zeitgenössische Geschichte wichtiger vor als jene ferner Jahrhunderte.

Auch hätte ich es lieber, wenn Leben und Werk der großen Maler und Musiker gelehrt würden als die Kriege Napoleons und die Einzelheiten über die soziale Schichtung Roms zu Ciceros Zeiten. Denn echte Kultur muß dazu verhelfen, ein Konzert zu würdigen, ein Bild, ein Gedicht oder auch einen guten Western.

Bis dies anders wird, stellt sich also der „Who's who?" der Knilche vor, in dem die Geschichte verstaubter Jahrhunderte viel mehr Platz einnimmt als jene der letzten Jahrzehnte, was nicht hindert, daß beide reichlich mit Perlen durchsetzt sind.

Am günstigsten für die Historiker wirkt der Umstand, daß die Toten nicht protestieren können.

Schließlich gilt dies auch für die Knilche, und sie mögen sich mit dem Gedanken trösten, daß sie keine Verleumdungsprozesse riskieren, auch nicht jener Schüler, der da schrieb:

„Die Geschichte ist sehr nützlich. Ohne sie würde man nicht erfahren, daß der Obelisk aus der Bronze der Kanonen gemacht wurde, die Napoleon bei Waterloo erbeutete."

Und nun der „Who's who?":

Algebra
Frau des Euklid.

Balzac, Honoré de
Verfasser der „Comédie Française".

Bardot, Brigitte
Moderner französischer existenzialistischer Philosoph.

Blériot, Louis
Der einzige Mensch, der zuerst den Ärmelkanal überquerte.

Boileau, Nicolas
Ein Dichter, der gesagt hat, zu einem richtigen Satyr müsse man berufen sein.

Buddha
Verbrachte den größten Teil seines Lebens in Budapest, daher der Name dieser Stadt.

Catharina von Rußland
Sie verdiente vollauf ihren Namen als „Seminaristin des Nordens".

Chateaubriand, François René de
Er schrieb nach seinem Tod die „Erinnerungen jenseits des Grabes".

Chlodwig, König der Franken
Er wurde mit fünfzehn Jahren zum König gewählt. Da hatte er schon sein Reifezeugnis.

Chopin, Frédéric
Er war schüchtern. Daher war seine erste Liebe mit neunzehn Jahren eine platonische Liebe.

Columbus, Christoph
Hat Amerika erfunden. Als sie ihn ankommen sahen, riefen die Neger: „Himmel, wir sind entdeckt!"

Corneille, Pierre
Hat Theaterstücke gemacht. Das bekannteste ist der „Cid".
Don Diego ist ein alter General, dem sogar die Granaten nichts anhaben konnten. Nachdem er vom Grafen eine Backpfeife eingesteckt hat, beauftragt er seinen Sohn Rodrigo, ihn zu rächen. Als dieser zurückkommt, fragt er ihn: „Nun, wie steht es jetzt mit meiner Ohrfeige?"
Rodrigo liebt Chimene. Aber er betreibt lieber seine Pflicht als die Liebe.
Was Chimene angeht, so hätte sie ihn ja ganz gerne geheiratet, aber ihr toter Vater wollte nichts davon wissen.
Unter den anderen Stücken Corneilles kann man „Cinna" anführen. Da zeigt sich die Mildtätigkeit des Augustus, der dem Cinna Verzeihung gewährt und ihm eine Stellung besorgt.

Friedrich III. von Preußen
Er erhielt die Krone durch einen Majestätsbeleidigungs-vertrag.

Gambetta, Léon
Während der Belagerung verließ er Paris im Fessel-ballon.

Gary-Baldi
Erster großer italienischer Filmschauspieler.

Gaulle, Charles de
Ehemaliger General. Beschäftigt sich in seiner Freizeit mit Frankreich.

Gorgonen, die

Die Gorgonen waren drei Schwestern, die statt der Haare Schlangen auf dem Kopf hatten, statt der Zähne Stoßzähne und an den Fingern Klauen. Sie sahen aus wie Frauen, waren aber noch viel entsetzlicher.

Hannibal

Bevor er nach Australien aufbrach, ließ er alle erschießen, die nicht mit wollten. Am Trasimenischen See war er siegreich und umzingelte den Konsul Flaminius, der nur an einer Stelle offen war. Schließlich wurde er von Skorpion Africanus besiegt. Nach der Niederlage von Zama floh er im Bikini.

Herkules
Held der Meteorologie.

Homer
Er verfaßte die Ilias und die Odyssee. Wie, wann, wo und warum er geboren wurde, weiß man nicht. Auch wird bezweifelt, ob er überhaupt geboren wurde. Auf jeden Fall war er blind, und lesen und schreiben konnte er auch nicht. Seine Gesänge und Geschichten dachte er sich einfach so aus dem Kopf aus und sang und sagte sie den Leuten so lange und so oft vor, bis sie alles auswendig wußten. Dafür ließ er sich gut bezahlen. Da es aber noch kein Geld gab und ihn selber wahrscheinlich auch nicht, war es der reine Betrug und ein begabtes, aber kriminelles Verhalten.

Horaz
Das wichtigste Datum seines Lebens war das seines Todes im Jahre 65.

Kant, Immanuel
Deutscher Philosoph, der durch seinen kategorischen Aperitif berühmt wurde.

Lucullus
Römischer General, der vor allem gerne Nudeln aß.

Nur nicht mit dem Namenszug

Marx, Karl

Großer deutscher Filmkomiker, unlängst verstorben.

Menelaus

Agamemnon und Menelaus waren Brüder. Aber nur von ersterem weiß man es gewiß.

Mohammed

Erfinder der Muselmänner. Die Muselmänner müssen die Dogmen anbeten und das Ramadanspiel feiern. Die Bibel der Muselmänner heißt Kodak.

Molière, Jean Baptiste Poquelin, genannt

Verfasser des berühmten Stückes „Miß Anthrop". Im „Tartuffe" hat er den Rat erteilt, einen habgierigen

Lustmolch lieber erst gar nicht einzuladen. Die Letzte Ölung wurde ihm erst acht Tage nach seinem Tode gewährt.

Musset, Alfred de

Er war ein romantischer Dichter und hatte deshalb viel zu leiden. Glücklicherweise konnte er sich in der freien Natur erleichtern.

Racine, Jean Baptiste

Die Dramen Racines drücken alle die Liebe aus. Da es ohne Frauen keine Liebe gibt, ist das Theater Racines hauptsächlich weiblich. Seine Verse sind so schön, daß sie schon beinahe Prosa sind.

Rousseau, Jean Jacques

Er hat das Theater der heiligen Stadt Genf kennengelernt. Dadurch ist es für alle Menschen der zivilisierten Welt so ehrwürdig geworden, daß in demselben kein Theaterstück mehr aufgeführt wird, sondern nur noch der Völkerbund.

Schubert, Franz

Er hat nie viel Geld verdient. Hätte er keine Musikstücke komponiert, dann würde niemand etwas von ihm wissen.

Sévigné, Marquise de

Sie wurde im Jahre 1636 geboren. Aber den Herrn von Sévigné heiratete sie erst viel später.

Shakespeare, William

Hat Tragödien und Komödien geschrieben. Eine der letzteren heißt „Die lustige Witwe des Herzogs von Windsor".

Voltaire

Hat als Schriftsteller ein beträchtliches episkopales Werk hinterlassen. In seinem Schloß Ferney hat er aus vierzig Bauernlümmeln zweitausend nützliche Mitglieder der menschlichen Gesellschaft gemacht.

Wilhelm der Eroberer

Eroberte England mit der Heilsarmee.

Da Personen nicht alles sind und auch Begriffe gelegentlich die überraschendsten Deutungen erfahren, erscheint es angebracht, den „Who's who?" der Knilche durch ein entsprechendes, knapp gehaltenes Sachwörterbuch zu ergänzen:

Antipoden
Personen, denen die Füße umgekehrt eingesetzt sind.

Antiquar
Ein Händler mit auf alt hergerichteten neuen Sachen.

Bahnschranke
Schranke, die die Züge daran hindern soll, auf die Straße zu fahren.

Barometer
Ein Apparat, mit dem die Temperatur des Wetters gemessen wird.

Diktator
Ein Herr, der Diktate schreiben läßt.

Enzyklopädie
Das Land der einäugigen Zyklopen.

Epistel
Die Frau eines Apostels.

Erblichkeit
Erklärt, warum wir ohne Nachkommen bleiben, wenn schon unser Großvater und Vater keine Kinder hatten.

Galloromanen
Galoppierende Römer.

Immunität (parlamentarische)
Besteht darin, daß ein Abgeordneter nur bei flagrantem Delirium verhaftet werden darf.

Intervall (in der Musik)
Der Abstand zwischen zwei Klavieren.

Jakobiner
Juden, die vom Stamme Jakob abstammen.

Konsole
Frau eines Konsuls.

Mestizen
Kinder von Schwarzen, welche weiße Menschen aufgefressen haben.

Mulatten
Menschen, deren Eltern ganz verschiedenen Geschlechtern angehören.

Pipette
Glasröhrchen, das an beiden Enden durch zwei Öffnungen verschlossen ist.

Polygon
Ein Mann, der mehrere Frauen hat.

Pseudonym
Der Zustand, in den sich die Dichter versetzen, bevor sie anfangen zu schreiben.

Seismograph
Ein Apparat, um die Stärke der Erdbeben zu regulieren.

Sirene
Ein Mädchen, das im Altertum sang, um vorüberreisende Ehemänner damit umzubringen.

Skelett
Ein Mensch, der nicht viel Fleisch auf den Knochen hat.

Sophisten
So nannte man in Griechenland die Verehrer der Königin Sophie.

Sozialversicherung
Eine Kasse, die es erlaubt, den Unglücklichen zu helfen, Hungers zu sterben.

Taktik
Das Gegenteil von Tiktak.

Trigonometrie
Das ist, wenn eine Frau drei Männer hat.

Strategie
Die Kunst, so zu schießen, daß der Gegner glaubt, man habe noch Patronen.

Vierfüßler
Was vier Beine hat, zum Beispiel der Schemel.

Vitamine
Kleine, bekömmliche Tiere, die am Salat entlangklettern.

Vokale
Was übrigbleibt, wenn man alle Konsonanten wegläßt.

Volt und Voltmeter
Wörter, die vom Erfinder der Elektrizität und seinem Namen abgeleitet sind, von Voltaire.

Witwe
Gattin eines Witwers.

Witwer
Gatte einer Witwe.

Zellengewebe
Ein derber Stoff, der in Gefängniszellen angefertigt wird.

In der Normandie, da fließt die Mosel

In der Geographie wissen die Franzosen nicht Bescheid. Jedem ist das bekannt. Ich kenne eine ganze Menge im übrigen recht gebildeter Leute, denen es nicht schwerfällt zu glauben, wie es im berühmten Gymnasium Papillon der Fall war, in der Normandie fließe die Mosel und daselbst züchte man den Kaviar und die Mortadella.

Ich erinnere mich des Tages, als eine reizende junge Dame, eine recht kluge obendrein, mich fragte, ob denn die Inseln auf dem Meer schwämmen. Dutzende von Beweisen könnte ich anführen, wenn es noch eines Beweises bedürfte, um zu beweisen, daß der Erdkundeunterricht im allgemeinen miserabel ist.

Man stopft die Schülerköpfe voll mit Nebenflüssen, Bergeshöhen und anderem ebenso uninteressanten Krimskrams. All dies wird natürlich am Tage nach der Schularbeit oder der Prüfung schleunigst wieder vergessen.

Die beste Lösung für einen Studienrat wäre, seine Klasse mitzunehmen und mit ihr in achttausend Meter Höhe spazierenzufliegen. Dann sieht Frankreich aus wie eine Geographiekarte, die man nicht vergessen kann. Leider ist die Methode ziemlich kostspielig. Bisher wurde sie nur in der zuständigen Fakultät der Uni angewandt.

In den Gymnasien und Oberschulen sollte man sich ebenfalls an das Fernsehen halten. Vor allem müssen die Übertragungen lebendig sein. Auch Gastronomisches braucht nicht übergangen zu werden, selbst nicht die eine oder andere Perle, die von Knilchen geliefert wurde.

Ich weiß wohl: Es wird Nörgler geben, die da behaupten, um Unterrichtsreformen kümmerte ich mich keinen Pfifferling und all meine Betrachtungen über dieses

Thema seien nur geschickte Überleitungen, um das Zitieren von Perlen zu rechtfertigen. Abgesehen von der wegweisenden Wirkung, die das Anführen solcher Schnitzer zur Folge hat, sehe ich nicht ein, warum ernsthafte Bücher – und Gott weiß, ob dieses hier dazugehört – notwendigerweise todlangweilig sein müssen. Auch der Leser hat ein Recht auf eine Erholungspause. Wie sagte doch Sadi Carnot?

„Die Zeit, die man dem Lachen widmet, ist am besten angewandt."

Der Erdkundelehrer muß sich auf jeden Fall an Überraschungen gewöhnen. In Pau hatte eines Tages eine Kollegin beschlossen, den Unterricht unter den Bäumen im Schulhof abzuhalten. In der Ferne sah man die Pyrenäen, hoch oben einige in der Sonne schimmernde Schneefelder.

„Was siehst du da?" fragte sie einen Buben.

„Die Pyrenäen, Madame."

„Und was sind da oben die weißen Flecken?"

„Da wird Wäsche zum Trocknen aufgehängt."

Allgemeines

Am Tage dreht sich die Erde um die Sonne, in der Nacht um den Mond. Beim Umdrehen zeigt die Erde ihr Hinterteil von vorne und ihre Vorderseite von hinten. Der Äquator ist eine Linie, die am Mittag über unseren Kopf weggeht.

Die Meridiane zerteilen die Erde in vierundzwanzig Scheiben. Sie dienen dazu, die Erde um die Sonne zu drehen.
Die Erde dreht sich um die Sonne, damit es nicht zu warm wird. Sechs Monate dreht sie sich so rum und sechs Monate wieder anders. Wenn es regnet, dann steigt das Meer, und wenn die Erde ins Meer vordringt, dann ist Ebbe.

Klimatologie

Der Regen geht auf atmosphärische Durchlöcherungen zurück. Steht das Barometer auf „veränderlich", dann weiß das Wetter nicht, was es mit sich anfangen soll.

Über das kommende Wetter entscheidet die Meteorologie. Wenn eine Wetterstörung ist, dann liegt Astronomie in der Luft.

Physikalische Erdkunde

Die Geographiekarten werden von den Kartenlegerinnen hergestellt.
Die Berge umfassen drei Teile: den höchsten, den weniger hohen und den, der dazwischenliegt.
Eine Ebene ist ein abgeplatteter Berg.
Ein Vulkan ist ein Berg mit Entzündungen. Wenn er über das Loch ganz oben hinweggeifert, dann ist das eine Eruption. Dann speit er Rauch, Feuer und Infusorien aus.
Die Flüsse treten oft über ihre Ufer. Wenn es das Meer nicht genauso macht, dann deshalb, weil es so viele Schwämme enthält.
Das Meer ist eines der schönsten Elemente der Erde.
Den Meeresgrund erforscht man mit einer Sonde. Wenn dieselbe Schlamm zutage fördert, ist der Meeresboden schlammig, wenn sie Schmutz zutage fördert, ist er schmutzig, wenn sie gar nichts heraufbringt, ist die Leine zu kurz.
Die Männer, welche die Höhlen und unterirdischen Wasserläufe erforschen, nennt man Gynäkologen.

Erdteile, Länder und Städte

Frankreich

Frankreich liegt in der Zone der Mäßigung. Im Osten wird es von der aufgehenden, im Westen von der untergehenden Sonne begrenzt. Die Nordsee ist sehr fischig und bietet ein ausgezeichnetes Jagdgelände. Die nördliche Gegend Frankreichs erfreut sich eines traurigen Klimas.

Die Normandie ist ein fruchtbares Land, woselbst man Ochsen züchtet, welche Butter abgeben und Eier. Das Gras ist dort sehr fett, so daß die Kühe gleich Kondensmilch liefern.

Die Berge sind sehr hoch in den Alpen, besonders der Montblanc. Im Sommer kann man die Gipfel ersteigen, weil dann der ewige Schnee fehlt.

Frankreich hat dreiundvierzig Millionen und einen halben Einwohner.

Die französische Schafzucht nimmt ab, weil es so wenige Schäfer gibt. Man muß sie als Gefrierfleisch aus Amerika einführen. In den „Landes" ist die Hauptindustrie die Austernfabrikation in Arcachon. Lyon ist das erste Zentrum der Märtyrer, der Seidenwürmer, und die Autoindustrie haben schon die alten Griechen eingeführt.

Paris

Paris ist die Hauptstadt Frankreichs. Die wichtigsten Gebäude sind der Eiffelturm und der Louvre, der nachts ein Museum ist und am Tage ein Kaufhaus. Der Arc de Triomphe von Cadet Roussel wurde von Napoleon erbaut. Unten drunter verbrennt ein kleiner Soldat. Wenn die vom Militär siegreich sind, gehen sie unten durch, wenn sie besiegt sind, außen rum.

Spanien

In Spanien sind die Flüsse so trocken, daß sie ganz ohne Wasser fließen. Manche sind so schmal, daß sie nur ein einziges Ufer haben.

Die Schweiz

Die Schweiz steht zwei Seiten hinter Schweden.

Großbritannien

Das Klima und die Gewässer sind feucht. Auf dem Thron sitzt eine Königin. Es gibt zwei Kammern, die Kammer der Lords und die Kammer der Mylords.
Im Norden findet sich die Steinkohle, aus der Kohle gewonnen wird.

Holland

In Holland trifft auf je vier Einwohner eine Kuh. Der betriebsamste Fischfang gilt dem sauren Hering.

Italien

Italien hat zwei Vulkane, den Venus und den Attila. Die am meisten von Touristen besuchten Städte sind Venedig, das auf einer Lagune schwimmt, Assisi, das durch seinen Heiligen berühmt ist, und Neapel, das man wegen seiner neapolitanischen Lieder kennt, die, wie der Name besagt, zum Ruhme des Kaisers Napoleon komponiert wurden.
Die Touristen besuchen auch häufig den Stromboli. Das ist einer der Schläuche für die Abgase der Erde.
Die italienischen Weine sind vorzüglich, besonders der Asti, der Chianti und der Agatha Christie.

Die UdSSR

In Sowjetrußland gibt es die Kollektivfrauen, die man Kolchosen nennt und die für jedermann da sind. Die Bauern betreiben vegetabilische Kultur. In den Wäldern begegnet man vielen Papiermachéfabriken. Die UdSSR hat nur eine Tram, die Transsibirische, und nur einen D-Zug, den Grand-Orient, der am Azotischen Meer entlangfährt.

Asien

In Turkestan sammeln die Bewohner den Kuhmist ihrer Kamele ein, um daraus entweder Feuer oder Käse herzustellen.
Die Hindus tragen Turbinen auf dem Kopf.
Die Zelte der Mongolen nennt man Montgolfieren.

Amerika

In den Vereinigten Staaten sind 48 Hektar zusammen vereinigt. Die Hauptstadt heißt Washington. Auch Alaska gibt es noch, das der Zar aus kulinarischen Bedürfnissen an die Vereinigten Staaten verkaufte.
Hinter der Zeit von Greenwich bleibt New York zurück, weil Amerika erst viel später entdeckt wurde.
In den Vereinigten Staaten gibt es viele Schwarze, und die rassischen Ausscheidungen veranlassen viele Unruhen.
Auch Indianer gibt es. Aber man darf die amerikanischen Indianer, welche die Cow-boys lieben, nicht mit den indischen Indianern verwechseln, welche nur ihre Kühe gern haben.
Die Niagarafälle funktionieren nur, wenn Touristen da sind.
Lateinamerika heißt so, weil es von den lateinisch sprechenden Römern erobert wurde.

Afrika

In Afrika finden sich im Naturzustand vor: der Brotbaum, der Butterbaum, der Käsebaum und der Lunchbaum, welch letzterer von einer anglo-amerikanischen Gesellschaft ausgebeutet wird.
Die Wüste Sahara hat nie die gleiche Ausdehnung, weil der Wind den Sand immer wieder woanders hinfegt. Nur Löwen wachsen da und Sand. Andere wichtige Tiere sind die Schafe, die Kamele und die Karawanen. Die Bevölkerung setzt sich aus Tuaregs und Oasen zusammen.

Australien

Da gibt es sehr viele Schafe. Leider fressen ihnen die Kaninchen das Gras unter den Beinen weg. Die Herden sind so weit entfernt, daß die Besitzer ein Flugzeug nehmen müssen, um die Operation der Schafschur vorzunehmen.
An der Küste betreibt man den Fischfang, teils mit dem Netz, teils mit dem Bumerang.
Australien ist berühmt wegen seiner springenden Känguruhs. Dieselben haben unter dem Bauch eine Tasche, um sich im Falle der Gefahr darin zu verstecken.

Der Urwald

Das ist ein Wald, in den nie ein Mensch eingedrungen ist. Die Vegetation ist sehr üppig, und die Riesenbäume werden im Handumdrehen hundert Jahre alt. Es ist sehr schwer durchzukommen, selbst mit Hilfe einer Drahtschere.

Die Einzelgänger unter den Elefanten treiben sich in diesem dichten Gehölz bandenweise zu mindestens fünf Stück herum.

Polare Gebiete

Am Nordpol gibt es an Lebewesen nur Flechten, Pinguine und Forschungsreisende. Denen ist so kalt, daß sie sich Handschuhe anziehen müssen, wenn sie sich waschen wollen.

Der Nordpol wird bewohnt von Eskimos und von Möwen. Zuweilen stehen sie in Hemdsärmeln vor ihren Hütten.

Im Norden gibt es das Antike Eismeer, im Süden das Authentische Eismeer.

Die böse Mathe und Verwandte

Mein erster Mathematiklehrer war ein Mann, von dem sich zum mindesten sagen läßt, daß er seine Schüler recht unsanft anfaßte.

„Blödian! Idiot! Schafskopf! Kusch dich!" schrie er die Unglücklichen an, die auf seine Fragen mit keiner Antwort aufwarten konnten.

Oft genug gehörte ich zu ihnen. Bevor ich ins Gymnasium kam, lebten wir auf dem Lande, und so hatte ich mich denn mit meiner Mutter zusammen auf dieses Ereignis vorbereitet. Da sie die Mathematik verabscheute, hatte ich diesem Stoff keinen inbrünstigen Eifer zugewandt.

Als es soweit war, erwies ich mich auf diesem Gelände als ein unbeschriebenes Blatt.

Während ich in den übrigen Fächern recht ordentliche Noten heimbrachte, bestärkten mich die Beschimpfungen meines Professors in der Überzeugung, in Mathe würde ich wohl nie über das Einmaleins hinauskommen.

Der Widerwille gegen dieses Fach entspringt häufig dem Mangel an grundlegenden Kenntnissen. Zu viele Schüler kommen mit den Geheimnissen der Multiplikation und der Bruchrechnung einfach nicht zurecht, ein schlimmes Handicap, da die Studienräte dazu neigen, sich nur mit der Elite der Klasse eingehend zu beschäftigen.

Es kann ja nicht jeder so verfahren wie jener kleine Poet, der statt seiner arithmetischen Schulaufgabe ein Blatt ablieferte, auf dem zu lesen stand:

„Da ich diese Aufgabe nicht lösen kann, erlaube ich mir, Ihnen beiliegendes Gedicht zu widmen."

So erweisen sich denn auch die Mathematik und die verwandten naturwissenschaftlichen Fächer als ergiebiges Gelände der Perlenproduktion.

Mathematik

Eine konkrete Zahl ist eine Zahl, die man mit bloßem Auge sehen kann.

Man muß die Brüche vereinfachen, sonst erreichen sie gastronomische Ausmaße.

Zwei gerade Parallelen sind zwei Gerade, die wie die Eisenbahnschienen zugleich wenden können.

Ein Kreis ist eine runde Linie ohne Ecken, die sich schließt, damit man nicht sieht, wo sie anfängt. Um den Inhalt zu finden, multipliziert man die Mitte mit dem Zentrum.

Das Quadrat ist eine Figur, die in jeder Ecke einen rechten Winkel aufweist.

Ein Achteck ist eine Art Viereck mit acht Seiten.

Ein Parallelepipedon ist ein Tier, dessen Beine parallel sind.

Ein Schüler wird aufgefordert, römische Ziffern in arabische zu übertragen:
„Tut mir leid", sagt er. „Arabisch hab' ich nicht gelernt."

„Warum kann ich sagen, daß die Punkte A, B und C auf einer Linie liegen?" lautet die Frage.
„Weil Sie Mathematikprofessor sind", ertönt es aus dem Hintergrund der Klasse.

Kosmographie

Die Zusammensetzung der Sonne kennt man dank der Voraussetzungen, welche die Gelehrten angestellt haben.

Dem Galilei war es geglückt, die Erde in Umdrehung zu versetzen. Aber die Bischöfe folterten ihn, weil sie wollten, er solle sie wieder zum Stehen bringen.

Der Mond ist bewohnt, weil es da Licht gibt.

Der Ring des Saturns ist unsichtbar, wenn wir ihn von der Seite betrachten.

Der Polarstern befindet sich am Schwanz des Großen Bären.

Auf der südlichen Halbkugel ist das Sternbild, nach dem man sich orientieren kann, das Rote Kreuz.

Physik

Die Schwerkraft ist von Isaak Newton erfunden worden. Man bemerkt sie besonders im Herbst, wenn die Blätter von den Bäumen fallen.

Alle Körper sind schwer, ganz gleich, wie ihr physischer oder moralischer Zustand ist.

Es gibt feste Körper, flüssige Körper und anmutige Körper.
Unter der Einwirkung der Wärme dehnen sich die Körper aus. Beispiel: Im Sommer werden die Tage länger, und zwar unter der Einwirkung der Wärme.

Prinzip des Archimedes: Jeder Körper, den man in eine Flüssigkeit taucht, wenn der nach einer halben Stunde nicht an der Oberfläche auftaucht, muß als verloren angesehen werden.

Eine Abwandlung des gleichen Prinzips: Jeder Körper, den man in eine Flüssigkeit taucht, kommt naß wieder heraus.

Die Schwere ist, daß, wenn es sie nicht gäbe, man davonflöge.

Je weniger schnell ein Körper fällt, um so geringer ist seine Schnelligkeit.

Eine zuverlässige Waage ist eine Waage, die immer das gleiche Gewicht anzeigt.

Der elektrische Strom geht durch den Menschen hindurch von einem Ende bis zum andern und bringt seine kleine Magnetnadel zum Vibrieren.

Gas im Hause zu haben ist gefährlich. Denn dann gibt es am Schalter der Nachttischlampe Kurzschlüsse.

Bei aller Mühe – des Erfolgs der Belehrung ist man nie sicher. Ein Studienrat hatte ausführlich und nicht ohne anschauliche Skizze das Prinzip der Sonnenuhr erklärt. Er fragte nun allerdings den Rekordknilch der Klasse: „Alles verstanden?"
„Prima!" lautete die Antwort. „Aber was tut man, um sie aufzuziehen?"

Chemie

Das Eisen ist sehr nützlich. Beispiel: das Bügeleisen.

Die wichtigsten Kohlenarten sind: Anthrazit, Koks, die schwarze Kohle und die weiße Kohle. Die weiße Kohle dient zum Kochen und zum Durstlöschen. Die weiße Kohle ist schwarze Kohle, nachdem sie gründlich gewaschen ist.

Die Luft ist eine Mischung aus Atmosphäre und Sauerstoff.

Des Sandes bedient man sich in der Wüste.

Jede Flüssigkeit nimmt die Form des Gefäßes an, die ihr zusagt.

Läßt man den Wein längere Zeit an der Luft stehen, dann gibt es an seiner Oberfläche so kleine weiße Blütchen. Das ist dann das „Bukett" des Weins.

Das eisenhaltigste Mineral ist das Blei.

Aus Gips wird die Zahnpasta hergestellt.

Um trinkbar zu sein, darf das Wasser keinen lebenden Organisten enthalten.

Zoologie

Das Rind

Die Kuh ist ein Säugetier, dessen Beine bis zur Erde reichen. Die Kuh ist kein Ochse, und sie legt keine Eier wie das Huhn. In ihrem Kopf wachsen ungefähr zwei

Augen. Die Kuh hat lange Eselsohren, und seitlich treten aus ihrem Kopf zwei Krümmungen hervor. Auch hinter ihrem Rücken gibt es etwas. Das ist der Schwanz mit einem Wedel, um die Fliegen zu verjagen.

Ihr Inneres ißt man, und aus dem Äußeren macht der Schuster Leder. Das Kleine der Kuh nennt man nicht Kuh. Deshalb nennt man es Kalb.

Die Kuh frißt nicht viel, aber was sie frißt, das frißt sie zweimal, und so bekommt sie schon genug.

Wenn sie brüllt, dann hat sie Hunger, und wenn sie nichts sagt, dann ist sie inwendig voller Gras.

Unter der Kuh gibt es die Milch. Sie ist so eingerichtet, daß man sie melken kann. Bevor sie es tut, wäscht sich die Bäuerin die Hände, das Euter und den Kübel. Um zu verhüten, daß die Mikroben hereinkommen, muß man die Stalltür sorgsam zumachen.

Die Bauern haben Verluste, weil die Ochsen, die den Karren ziehen, müde werden und dann weniger Milch geben.

Die Färse ist ein Kalb, das noch keine Kuh ist.

Die Kuh bekommt jedes Jahr ein Kalb. Das verdankt sie dem Stier, der eine Kuh ohne Euter ist.

Die künstliche Befruchtung, das ist der Tierarzt, der den Stier ersetzt.

Der Ochse sieht traurig und nachdenklich aus. In ernsthaften Büchern wird er sogar als Wiederkäuer behandelt. Zwischen dem Hersteller und dem Verbraucher ist er genötigt, sieben Personen zu erledigen. Seine Haut dient vor allem dazu, den ganzen Ochsen zusammenzuhalten.

Das Schwein

Das Schwein trägt seinen Namen mit vollem Recht. Es ist auch eins.

Das Pferd

Das Pferd ist ein Vierfüßler, der zur Klasse der vierfüßigen Tiere gehört. Es ist ein vegetarisches Tier. Auf dem Pferd erblickt man den Rumpf, das Geschirr, die Mähne und den Reiter. Die verschiedenen Sorten von Pferden sind: das Rennpferd, das so schnell läuft wie ein Zebra, der Esel und das Maultier. Das Pferd ist sehr nützlich, weil es für die kleinen Vögel sorgt, die seinen Mist auffressen. Nach seinem Tod liefert es uns seine Wurst und sein Leder, welches der Gerber zu gerben versteht. Sein Bein endigt mit einem Huf in Form eines Hufeisens.

Die Katze

Die Katze ist ein Tier, das von Haaren umgeben ist. Sie hat vier Beine, vorne zwei zum Laufen und hinten zwei zum Bremsen. Sie fängt an mit dem Kopf und hört auf mit dem Schwanz, der hinter dem Körper kommt.

Tiere der heißen Länder

Das Kamel ist ein Fahrzeug, das man in der Wüste verwendet. Es trinkt bis zwei Liter Wasser auf einen Schluck und frißt auch Sardinenbüchsen.

In Afrika sind gewisse Tiere so wild wie wir. Die höchste Form animalischen Lebens ist die Giraffe. Der Affe ist das Tier, welches dem Menschen am ähnlichsten ist. Er macht sogar Grimassen.

Nutzbares Kleinvieh

Die Tiere, die uns die Wolle geben, sind das Schaf, die Ziege und der Pinguin.

Das Kaninchen ist ein ängstliches und nahrhaftes Tier.

Das Morse ist ein sehr kluges Tier, das sich vermittels einer Art von Alphabet durch Zeichen verständigt.

Allerlei Kleingetier

Eine Auster ist ein Fisch, der wie eine Nuß beschaffen ist.

Der Igel und die Kröte helfen dem Gärtner, die Insekten aufzufressen.

Eine Schildkröte ist eine Muschel mit sechs Löchern für den Kopf, den Schwanz und die Beine.

Die Schnecke ist zugleich männlich und weiblich; aber sie hat nichts davon.

Die Vögel

Das Huhn setzt sich zusammen aus dem Fleisch, der Haut und dem Gefieder. Ohne Federn würde man die Haut sehen und ohne Fleisch die Seele und den Geist. Läßt man das Huhn laufen, dann bleibt es vor dem Haus stehen, während die anderen Tiere gleich zum Wasser hinrennen, beispielsweise die Gans. Man muß ihnen zu fressen geben, aber nicht zuviel. Sonst würden sie anschwellen, der Bauch würde platzen, und sie wären nicht mehr gut zu essen. Schon ganz früh beginnen die fleißigen Hühner, Eier zu legen. Brave Kinder sollten ihrem Beispiel folgen.

Die Taube hat vier Beine und den gleichen Geschlechtsapparat wie die Maus.

Der Kuckuck hingegen ist ein Vogel, der die Eier eines anderen Vogels in das eigene Nest legt und umgekehrt.

Insekten

Der Maikäfer hat vier Augen, zwei kurzsichtige und zwei weitsichtige, so daß er auf jede Entfernung gut sehen kann. Um die Maikäfer zu vernichten, braucht man nur den Baum umzusägen, auf dem sie hausen. Wenn sie keinen Baum mehr haben, dann sterben sie.

Die Laus hat Wülste unter den Füßen, damit man sie beim Gehen nicht hört.

Heuschrecken sind grün, weil sie so viel Gras fressen.

Der Walfisch

Der Walfisch ist gar keiner, weil er ein Säugetier ist, und man weiß nicht, wo man ihn hintun soll. Von den richtigen Fischen unterscheidet er sich durch sein unhandliches Format.

Anatomie und Medizin

Das Skelett

Das Skelett ist eine Person, die ihr Inneres herzeigt und deren Äußeres abhanden gekommen ist. Ein Skelett muß jede Woche abgestaubt werden.
Hätte man keine Knochen, dann würde man ganz platt werden und weich wie ein Sandfloh oder eine Schnecke.
Um eine gute Verknöcherung zu erreichen, muß man fehlerhafte Körperhaltungen vermeiden.
Die wichtigsten Knochen des Skeletts sind das Steißbein, das Schädelbein, das Schienbein, der Fötus, der Tuberus, der Negus, der Angelus und der Oremus.
Durch den Gürtel werden die Knochen am menschlichen Körper befestigt, während die Lungen durch den Büstenhalter verwahrt werden.
Unfälle, die den Knochen zustoßen können, sind Verstauchung, Verrenkung und Bruch.
Verstauchen kann man sich den Knöchel, das Handgelenk oder jeden anderen Knochen. Dann schlüpft der Knochen aus seiner Büchse und macht sich selbständig.
Im Falle eines Bruches muß man das Glied in kaltes Wasser tauchen. Dann muß sofort die Verlötung eintreten. Wenn dies nicht geschieht, muß man den Arzt holen. Findet er nichts, dann muß er einen anderen Arzt holen. Aber das kommt dann teurer.
Eine Verstauchung bekundet sich durch eine violette Verzierung unter der Haut.

Die Augen

Der optische Nerv führt dem Gehirn die leuchtenden Ideen zu. Wenn man kurzsichtig ist, geht man zum Optimisten. Von Zeit zu Zeit muß man sich die Augen ausspülen.

Die Füße

Die Füße sind die Verkehrsorgane. Läuft man zuviel, dann tun einem die Fußsohlen weh. Die Füße muß man sich häufig waschen von wegen dem Schamgefühl.

Die fünf Sinne

Die fünf Sinne sind das Gehör, das Gesicht, der Geruch, der gute Geschmack und das Gerede.

Die Reflexe

Ein Reflex ist, wenn ein Kamerad einem eine runterhaut, und man haut zurück.
Wenn man Auto fährt, übt man seine sinnlichen Reflexe, und man fühlt sich zur Vorsicht veranlaßt.

Die Temperatur

Die animalische Wärme ist die Wärme der Tiere. Sie wird mit geeigneten Instrumenten gemessen. Mit einem Kaninchen zum Beispiel kann man zweifach verfahren. Entweder steckt man das Kaninchen in das Instrument oder das Instrument in das Kaninchen.
Zwischen einem medizinischen Thermometer und einem atmosphärischen Barometer gibt es keinen Unterschied. Nur hat das medizinische Thermometer kein Brettchen drunter, denn das wäre unpraktisch.
Wenn man sich mit der rechten Hand den linken Puls fühlt und nichts spürt, dann ist man tot.

Blutungen

Um eine Blutung zu kurieren, muß man einen Aderlaß vornehmen.
Handelt es sich um die Blutung einer Arterie, dann muß man dem Kranken einen Knebel um den Hals legen und zudrehen.
Um das Nasenbluten zum Stillstand zu bringen, stelle

man sich auf den Kopf und verbleibe in dieser Stellung, bis der Herzschlag aussetzt.

Die Tuberkulose

Die Tuberkulose ist eine Krankheit, die von dem Gelehrten Koch erfunden wurde. Sind beide Lungenflügel von der Krankheit befallen, dann muß man sie entfernen und durch eine eiserne Lunge ersetzen.
Die Inkubation ist der Zeitraum, in dem die Mikroben brüten.
Gegen die Tuberkulose schützt man sich, indem man auf die Spucke tritt, um die Bazillen daran zu hindern, wegzufliegen. Tritt man ihnen auf den Schwanz, dann schnellen sie einem ins Gesicht.

Die anderen Krankheiten

Auch die Medizin hat ihre Grenzen. Den Wendekreis des Krebses hat man noch immer nicht heilen können.
Der Sonnenstich wird durch die Tsetsefliege erzeugt.
Das Heufieber vollbringt einen furchtbaren Radau beim Niesen.
Die Polygamie ist eine Krankheit, die man sich im Gewässer der Ströme holt.

Der Kampf gegen die Krankheiten

Die Impfung schützt gegen die Krankheiten, wenigstens lebenslänglich. Der Impfstoff entsteht durch den Kult der Fleischbrühe. Die Doktoren studieren die Bazillen, damit sie wissen, zu welchen Krankheiten sie passen. Man bekämpft die Krankheiten durch die Sauberkeit. Fürs erste muß die Krankenschwester sterilisiert werden. Die Mikrobe ist ein ganz kleines Tier ohne Kopf und ohne Schwanz, das einem viel Böses zufügt.
Der Impfstoff, das sind winzige Tierchen, die man uns in den Körper einführt, um die größeren zu hindern, uns krank zu machen.
Ein Sanatorium ist ein Gebäude, um die Lungen bis auf 700 oder 800 Meter zu steigern.

Pasteur

Pasteur ist ein großer Gelehrter. Er hat die Blattern erfunden, die Tollwut und eine Menge anderer Krankheiten. Er ist ein Wohltäter der Menschheit. Auch die Mikroben hat er erfunden, die er in einer Gemüsesuppe züchtete, den Maulkorb und die pasteurisierte Milch.

Die Ernährung

Man muß sich enthaltsam ernähren. Der Zucker ist ein weißer Stoff, der dem Kaffee einen schlechten Geschmack verleiht, wenn man vergißt, ihn hineinzutun.

Die Milch ist ein aufbauendes Nahrungsmittel. In der Küche wird sie unter dem Namen Margarine oder Rinderfett verwendet. Sie ist ein Naturerzeugnis, denn sie kommt nicht auf chemischem Wege aus dem Euter der Kuh.

Der Alkohol

Der Alkohol macht die Organe des Menschen unzuträglich. Unter dem Einfluß geistlicher Getränke kennt der Alkoholiker sich selbst nicht mehr und verliert das Gedächtnis. Es ist leicht möglich, daß er sich eines Abends umbringt, und am folgenden Tag weiß er nichts mehr davon.

Hygiene

Man muß sich vorsehen, nicht in Räumen mit unzugänglicher Luft zu atmen.
Gifte für das Nervensystem sind Kaffee, Tee, Alkohol, Tabak und Arbeit.

Säuglingspflege

Schon vor der Geburt muß die Mutter das Kind von Zeit zu Zeit herausnehmen, um es sorgfältig zu reinigen. Neun Monate lang führt das Baby ein wässeriges Dasein. Dann aber muß es sich schon in den ersten Tagen an ein luftiges Leben gewöhnen und seine Lungen entfalten und glätten. Für seine Ernährung kommt nur die Muttermilch in Frage. Nach denMuttermilch ist am besten die Apothekermilch. Gemischte Milchernährung findet statt, wenn Vater und Mutter das Kind umschichtig stillen. Die Mutterbrust ist eine dicke Saugflasche, eine angewachsene, welche die Frauen nur ihren eigenen Kindern gönnen, es sei denn, es handle sich um Ammen. Vor dem Stillen muß man die Brüste zehn Minuten lang gut durchkochen, um sie zu desinfizieren. Man kann ja mit diesen kleinen, zarten Wesen nicht behutsam genug umgehen. Am besten sterilisiert man auch die Kuh.

Der eigene Sprößling – ein Knilch!

Alles schön und gut, in elterlicher und pädagogischer Sicht vielleicht auch unschön und ungut! Wo bleibt aber der versprochene Neandertaler im Liliputformat, der Steinzeitknilch? Geduld, er kommt. Er stellt sich vor im „zarten Kindesalter", ein fragwürdiges Herzchen und Hausengelchen.

Mag die Schule sein, wie sie will, sie entlastet die Eltern. Der Vormittag verläuft störungslos, und am Nachmittag ist der Nachwuchs geraume Zeit an seine Schularbeit gefesselt oder sollte es wenigstens sein.

Indes offenbart sich die Sippe der Knilche, männlich oder weiblich, in ihrer Geltung schon längst vor dem schulpflichtigen Alter und findet Gelegenheit genug, der lieben Mutti, dem braven Pappi, Oma, Opa und der Hausangestellten, soweit noch vorhanden, energisch zuzusetzen.

„Was ein Häkchen werden will . . ." Aber hier krümmt sich nichts. Höchstens die andern sind es, die sich krümmen.

Wie nun, wenn man zu der Entdeckung verurteilt wäre, der eigene Sprößling sei ein ausgemachter Knilch? Eine Dauersensation! Gewiß, gegen Langeweile ist man dann gefeit. Es wimmelt von unerwarteten Abenteuern. Ein Platzregen von Perlen prasselt auf das traute Heim herab, dem Sammler zur nicht ganz ungetrübten Freude.

Denn es ist ein aufregender himmlischer Segen, und sollte schon in frühen Jahren der väterliche Haarwuchs von grauen Fäden durchzogen sein, den Signalen mißlicher Erlebnisse, dann wäre es kein Wunder.

Den ersten Ausspruch Jérômes, meines Einzigen, erlebte man eines Tages, als der damals Vierjährige ganz

besonders unausstehlich war, so daß Jehanne, meine Frau, zu ihm sagte:
„Wenn du so weitermachst, regnet es Hiebe!"
„Schön", sagte Jérôme, „dann zieh' ich mir meinen Regenmantel an."
Alles in allem eine normale Antwort wie so viele Bubenantworten, bei denen es schwer ist festzustellen, ob sie der Naivität entspringen oder übersteigerter Logik. Aber Jérôme hatte viele andere Aussprüche und Abenteuer auf der Habenseite zu buchen. Sicher war er einer der entsetzlichsten kleinen Strolche, die je die Erde getragen hat. Und das Schlimmste war: Mit seinen großen blauen Unschuldsaugen sah er aus wie ein Engelchen, und zu Besuchern war er überaus liebenswürdig. Wenn Jehanne oder ich uns über seine Streiche beklagten, schüttelten die Leute nur skeptisch den Kopf.
Der einzige Vorteil bestand darin, daß unsere Bekannten, wenigstens anfangs, bereit waren, sich seiner anzunehmen. Ach, sie taten es einmal und nie wieder!
Einer, Raymond Borel, trieb die Unvorsichtigkeit so weit, meinem Sohn eine Rolle in einem Fotoroman zu geben. So zogen sie denn eines Tages tändelnden Schrittes ab: Jérôme, sein Bär und der Regisseur.
Am Abend brachte ein erschöpfter Raymond, grün im Gesicht, einen Jérôme zurück, der frisch war wie ein neugelegtes Ei und höchst zufrieden mit seinem Tageslauf. Die Aufnahmen hatten in einem Hotel stattgefunden, und unser teurer Kleiner war mindestens ein dutzendmal ausgerissen und hatte sämtliche Zimmer besichtigt, eins nach dem andern.
Am selben Tag hatte er während des Mittagessens im

Restaurant einen Herrn mit einer Auszeichnung versehen, der im Knopfloch schon eine stattliche Rosette der Ehrenlegion trug. Er sprang auf und knallte ihm eine zerquetschte Tomate auf den Rockaufschlag mit den Worten:
„Schau, da hast du eine noch größere!"
Um dieselbe Zeit nahm ihn ein Bekannter zu einer Spazierfahrt in der U-Bahn mit. Bald fing Jérôme an, auf seiner Bank hin und her zu hopsen, was den Zorn eines gegenübersitzenden Herrn erregte.
„Sitz endlich still!" sagte er und hielt ihm, um seinen Worten Nachdruck zu verleihen, seinen Versehrtenausweis unter die Nase.
„Nein, was für ein schönes Bild!" meinte mein Sprößling und bat, ganz angetan:
„Nimm mich doch auf deinen Schoß!"
Der Mann, der nur ein Bein hatte, brüllte auf ob dieses Frevels. Unser Freund suchte das Weite und schleppte einen Jérôme hinter sich her, der ebenfalls brüllte:
„Ich will aber dem Herrn auf dem Schoß sitzen, ich will dem Herrn auf dem Schoß sitzen!"
Davon abgesehen, hatte Jérôme mit viereinhalb Jahren schon fest umrissene Ansichten über die Ehe. Damals wohnte meine sechzehnjährige Nichte Indiana bei uns, die den Roman „Angélique" von Anne Golon leidenschaftlich bewunderte. Eines Tages sagte sie zu ihm:
„Du bist Philippe du Plessis-Bellière, und ich bin Angélique, und wir heiraten."
Aber Jérôme antwortete nur verächtlich:
„Mit dir schlafen – ja! Aber heiraten – nein!"
Auf der Straße verhielt er sich nicht besser. Einer alten

Dame gegenüber, der er in einem öffentlichen Park begegnete, benahm er sich wie ein Zuhälter. (Es gibt gar keinen anderen Ausdruck!) Er sprang ihr an den Hals und rief: „Du bist schön. Nein, was bist du schön! – Gib mir einen Kuß!"
Die Dame war entzückt und lud ihn zu einem üppigen Vesperbrot ein. Aber am Schluß äußerte Jérôme wie ein mondäner Gigolo:
„Nun, rück schon raus! Tausend Franken! Mach schon!"
Damals war er dreieinhalb Jahre alt. Im folgenden Jahr interessierte er sich für jüngere Dämchen, und als er eines Tages bemerkte, wie sich ein Pärchen auf der Straße küßte, sagte er zu Indiana:
„So wie die zwei müßte man's machen."
Als Indiana tugendsam ablehnte, ging er auf die beiden zu und sagte zu dem jungen Mann:
„Leihst du mir dein Mädchen?"
All dies mag ja recht unterhaltend sein, aber die Wutausbrüche Jérômes waren es weit weniger, zumal sie recht häufig waren.
So sagte er eines Tages zu mir:
„Ich mag nur zweierlei: meine Wut und Ovomaltine!"
(Leider nur Gratispropaganda!)

In der Folge breitete sich der Ruf Jérômes aus. Kein Mensch wollte mehr etwas von ihm wissen, meine Mutter schon gar nicht, die sich mit Entsetzen daran erinnerte, wie er beim Kolonialwarenhändler den Hahn eines Weinfasses aufgedreht hatte. Indes gelang es uns

zuweilen, in entlegenen Gegenden, wohin die Kunde von ihm noch nicht gedrungen war, einen Kindergarten aufzutreiben, der ihn aufnehmen wollte.

In einem solchen Heim trieb er seine Untaten auf die Spitze, indem er eine Schachtel mit Schlafmittelpillen stibitzte und die Hälfte davon verschlang. Wie ein Star in den letzten Zügen verfiel er daraufhin in eine sechsunddreißig Stunden währende Ohnmacht.

„Wenn er aufwacht, wird keine Spur mehr davon zu merken sein", sagte der Internist der Klinik. „Aber ob er aufwacht, das können wir beim besten Willen nicht sagen."

Jérôme wachte auf, und im folgenden Jahr beschlossen wir, ihn auf die Ferienreise mitzunehmen. Einen Monat lang, den wir in der Dordogne in einem reizenden Hotel verbrachten, war er durch und durch ein Höllenbraten.

Da Jehanne strenger mit ihm verfuhr als ich, schlug er mir vor:
„Warum kauft man sich eigentlich nicht eine neue Mama?"
Indes stellte er einen Unfug nach dem andern an, und Jehanne und ich bewegten uns am Rande einer Krise. Wir waren mit den Nerven fertig, als zwei Musiker auf der Durchreise mit uns zu Abend speisten.
„Wenn du nicht artig bist", sagte der eine zu ihm, „dann kommt der Herr aus der Bodenkammer und holt dich!"
Wunder über Wunder, diese Variante des klassischen Butzemanns tat ihre Wirkung, und während des Restes der Ferien war Jérôme rundweg erträglicher.
Trotzdem, auch mit Hilfe des Herrn aus der Bodenkammer weigerte sich Indiana, noch länger bei uns zu bleiben. Sie wanderte aus zu ihrer Großmutter nach Toulouse. Wir engagierten ein paar junge Mädchen, die ihn spazierenführen sollten, die aber nur durchhielten, weil es ihrer sechs waren, so daß jede nur einmal wöchentlich drankam.
Eines Tages, aber das war noch zu Zeiten Indianas, glückte es ihm auszurücken. Eine Dame griff ihn auf, wie er mutterseelenallein die Straße entlangbummelte. Sie ging ins nächste Café und fragte dort:
„Kennen Sie dieses Kind?"
Der Chef kannte Jérôme zwar, aber wo er wohnte, das wußte er nicht.
„Ich wohne überhaupt nicht!" sagte mein Sprößling. Erst gegen das Angebot eines Aperitifs war er bereit, seine Adresse auszuliefern. Als man ihn kampfesmüde

eben bedienen wollte, trat eine Frau ein und sagte: „Aber das ist ja der kleine Jérôme!" Empört, da er auf diese Weise um seinen Aperitif kam, gab er einen Wutausbruch zum besten.

Mit den Hausangestellten verfuhr er glücklicherweise netter. Eine vor allem bewunderte er wegen ihrer üppigen Büste. Léone hieß sie. Als man eines Tages von Léones Büstenhalter sprach, meinte er:

„Für Léone gibt's keinen Büstenhalter. Die sind alle zu klein."

Aber Léone verließ uns und wurde von Teresa abgelöst, einer recht tüchtigen Spanierin, die es schaffte, Jérôme wenn auch nicht völlig zu bändigen, so doch einigermaßen zu neutralisieren.

Léone war abgereist, als sich Jérôme gerade in einem Kinderheim aufhielt. Bei seiner Rückkehr fragte er, wo denn seine teure Freundin abgeblieben sei.

„Die haben wir aufgegessen", sagte ich zu ihm, überzeugt, er würde es nicht glauben. Aber in mancher Hinsicht war Jérôme sehr naiv, und die Sache kam ihm sehr normal vor. So sagte er eines Tages zu Teresa:

„Wenn du fett wirst, wirst du aufgegessen. Weißt du, bei uns werden die Hausangestellten verspeist."

Dann besann er sich und fügte hinzu:

„Wenn es andre Leute gibt, die ein Hausmädchen brauchen, wirst du vielleicht nicht verspeist."

(Taucht hier etwa doch der kleine Neandertaler auf, dem kannibalische Tischsitten ganz selbstverständlich erscheinen, wie auch manche anderen Barbarismen, die in der Folge erwähnt werden?)

Zum guten Glück ließ uns Teresa nicht im Stich. Sie

hütete sich aber, zuzunehmen. Nach und nach wurde Jérôme so anhänglich, daß er ihr vorschlug, sie zu heiraten.

„Monsieur", kündigte Teresa mir an, „Jérôme und ich, wir haben uns verlobt."

Auf diesem Ohr wollte ich nicht so recht hören, und so sagte ich zu Jérôme:

„Teresa heiratest du nicht. Die ist zu alt für dich und hat auch nicht genug Geld."

Ich gebe zu, der zweite Grund war moralisch minderer Natur. Jérôme sagte nichts, ging in die Küche, und plötzlich hörte man Gebrüll. Teresa erschien und meldete mit entsetzter Miene:

„Wissen Sie, was Jérôme zu mir gesagt hat?"

„Nein."

„Er hat gesagt: ‚Heirate nur nicht, Teresa! Warte, bis Papa tot ist, dann nehm' ich dich schon.'"

Wenn ich auch nur zweiunddreißig Jahre älter bin als Jérôme und, in aller Bescheidenheit sei es gesagt, nicht einmal danach aussehe, läßt mein entsetzlicher Nachkomme keine Gelegenheit vorübergehen, um mir klarzumachen, daß ich vor ihm für den Sarg reif bin:

„Mein Papa wird ja vor mir sterben. Ja, was mach' ich da bloß? Na ja, da muß ich halt bei anderen Leuten wohnen."

Um mich zu trösten, hat mir meine Schwägerin Françoise folgenden authentischen Dialog aus ihrem Erfahrungskreis berichtet:

„Papa, wie alt bist du?"

„Dreißig Jahre und drüber."

„Ach, da ist ja dein Alter schon längst vorbei!"

Dazu paßt der Bericht eines Freundes, der mir erzählte, als er sechs Jahre alt gewesen sei, sei seine Mutter schwer erkrankt. Er liebte sie heiß, was ihn aber nicht hinderte, prächtige Särge für sie zu zeichnen und sie ihr mit der warmen Empfehlung vorzuführen:
„Schau sie dir an! Wähl nur aus, welchen du für deine Beerdigung am liebsten haben möchtest!"
Jérôme trieb es jedoch noch schlimmer, hatte er doch versucht, seine Mutter zu vergiften. An jenem Tage fiel es uns sauer, uns nach der Devise Figaros zu richten:
„Mir kommt es drauf an, über alles zu lachen."
Meine zarte Gattin hatte neben ihrem Bett eine Flasche Evianwasser stehen, nur zu ihrem persönlichen Gebrauch. Eines Abends fand sie, das Wasser habe einen komischen Geschmack. Sie trank nur sehr wenig. Trotzdem verbrachte sie eine recht schlimme Nacht. Am folgenden Tage kam ihr ein Verdacht, und sie fragte Jérôme:
„Hast du die Flasche angerührt?"
„Ich?" fragte mein Sprößling mit bewährter Unschuldsmiene. Denn von wegen „Unschuldsmiene", da ist der teure Kleine begabt. Mit zweieinhalb Jahren versteckte er eine Handtasche Jacquelines, die damals unsere Haushilfe war, und leugnete eine Woche lang. Man dachte schon an einen Taschendieb, bis ihn Jacqueline erwischte, als er gerade unter einer Matratze wühlte, eine Handtasche hervorzog und sie befriedigt betrachtete. Dann steckte er sie wieder weg.
Aber zurück zu jener Flasche! Wie bei der Handtasche verlegte er sich aufs Leugnen, bis Jehanne erklärte:
„Schön! Ich tu' dir nichts. Aber sag die Wahrheit!"

Beruhigt stellte Jérôme einen Stuhl vor das Medizinschränkchen.
„Ich hab' aber ein Papier auf den Stuhl gelegt!" erklärte er ganz tugendhaft. Dann zeigte er, wie er eine Schachtel mit einem Medikament, einem Pulver, genommen (noch am Tage vorher hatte man zu ihm gesagt: „Achtung! Das ist giftig!") und wie er etwas davon in die Flasche mit dem Evianwasser geschüttet habe.
„Das ist alles", sagte er ganz schlicht.
Entsetzt sahen Jehanne und ich uns an. Der eigene Sohn, ein Mörder! Schlimmer noch: ein Muttermörder! Uns blieb auch nichts erspart! Und sein Motiv?
„Gestern mochte ich dich nicht leiden", sagte Jérôme.
Es blieb mir nichts übrig, als ihm moralisch zu kommen und ihm das Schreckliche seiner Untat klarzumachen. Er schien es merkwürdigerweise begriffen zu haben. Rückfällig ist er nicht geworden.
Allerdings hat er noch zwei- oder dreimal versucht, uns in die Luft zu sprengen, indem er den Gasofen auslöschte. Aber in diesem Fall trat die Absicht nicht unzweideutig zutage.
„Schau", sagte Jehanne zu ihm, „wenn es mir nun die Beine weggerissen hätte, müßte man mich in einem Wägelchen herumfahren."
„Warum denn fahren?" meinte er. „Man könnte dich doch einfach lassen, wo du bist."
Trotz allem – Jérôme hat seine Mutter sehr lieb. Zuweilen sagt er zu mir:
„Auf die muß man aufpassen, die ist so klein." Im Grunde nimmt er es uns nämlich übel, daß wir beide nicht groß geraten sind. Die Möglichkeit, uns zu be-

treuen, wäre ihm willkommen, wenn auch seine Methoden etwas merkwürdig sind. Jedenfalls hindert ihn all das nicht, Jehanne zum Muttertag alles Gute zu wünschen: „Du bist die allerschönste von allen Muttis. Pappi hat es gesagt. Ist doch nett von ihm?"

Wenn seit seinem fünften Jahr seine Wutanfälle seltener wurden, dann verdanken wir es dem Herrn aus der Bodenkammer, dem „monsieur du grenier". Allerdings hatte sich die Technik inzwischen entwickelt. Denn Jérôme wollte den Herrn aus der Bodenkammer nicht nur hinter der Tür poltern hören. Er wollte ihn auch sehen. Man mußte also unseren Freund Dorville mit einem alten Mantel und einer Kapuze maskieren. Jérôme brüllte vor Entsetzen und blieb vierundzwanzig Stunden lang brav.

Doch an der Nase herumführen ließ er sich deswegen noch lange nicht. Denn als er am folgenden Tag den Telefonhörer abnahm und die Stimme Dorvilles erkannte, sagte er: „Und nun reich mir mal den Herrn aus der Bodenkammer!"

Teresa spielte den Herrn aus der Bodenkammer leidenschaftlich gern. Sie ging ins Nebenzimmer und stieß dort fürchterliche Drohungen aus, die Jérôme in hellen Jubel versetzten. So hörte ich denn eines Tages folgendes Zwiegespräch:

„Teresa, hol doch mal den Herrn aus der Bodenkammer!"

„Nein, dazu bist du zu ungezogen."

Bald kam er dahinter, daß er Aussprüche zum besten gab. Bei solchen Gelegenheiten gab er mir den Rat:
„Das mußt du deinen Freunden erzählen. Da bringst du sie zum Lachen."
Dies, wohlverstanden, war nun keineswegs drollig, denn nur ganz unbefangene Äußerungen taugen etwas und haben humorigen Gehalt. Eine der besten war vielleicht folgende: Eines Abends war ein Journalist unser Gast. Jérôme benützte jeden Vorwand, um nicht ins Bett zu müssen. Als ich ihn gewaltsam abschleppte, meinte er:
„Wart doch noch ein bißchen! Gleich fällt mir ein Kinderspruch ein."
Natürlich kam er nicht darauf, daß er sich im gleichen Augenblick schon einen geleistet hatte.
Seine Mutter fragte er:
„Mutti, wenn du nun taub wirst, muß ich dann auch ‚bitte schön!' und ‚danke schön!' sagen?"
Damit erwies er sich als bequemer Praktikus. Ich sagte zu ihm:
„Bevor man die erste Kirsche des Jahres ißt, muß man ein Gelübde tun."
„Gut", meinte er, „ich tue das Gelübde, die Kirsche aufzuessen."
Ganz unerwartete Fragen stellten sich ein, denn er dachte über die verschiedensten Probleme nach. Eines Tages erkundigte er sich:
„Was habt ihr mit den Betten gemacht, in denen ihr schlieft, bevor ihr verheiratet wart?"
Bald darauf ertappte ihn Jehanne dabei, daß er allerlei auf ein Papier kritzelte.

„Was machst du denn da?" fragte sie.
„Ich schreibe einen Brief an meine Kusine Brigitte."
„Aber du kannst doch noch gar nicht schreiben."
„Das ist nicht wichtig. Brigitte kann ja auch noch nicht lesen."
Zuweilen verfiel er auf eine klassischere Prägung. Seine Tante Frède fragte ihn, ob er denn ganz allein im Dunkeln keine Angst habe. Er antwortete:
„Starke Männer sind einsam."

Zwei Sorten von Eltern gibt es: Die einen sind der Ansicht, ihr Sprößling werde stets überfordert, und die andern meinen, er leiste nie genug.

„Zu unserer Zeit", sagen sie, „da waren die Studienräte noch anders."

Gewiß, zu ihrer Zeit, aber nicht deshalb muß man zurückwandern, weil im Unterrichtswesen einige Fortschritte zu verzeichnen sind.

Leider sind es gerade diese Eltern, die in den Elternversammlungen als wilde Kämpfer am heftigsten gegen verständige Reformen loslegen.

„Ich habe seinerzeit Latein getrieben. Mein Junge hat schließlich das gleiche Recht!" Ich höre sie schon zetern, falls man zufällig auf einige meiner Anregungen eingehen sollte. Und bis zum Lynchen fehlte dann auch nicht mehr viel.

Schließlich bin ich aber selbst Vater eines Schülers. Anfangs ging es ziemlich hart her, da mein Sohn Jérôme von der Schule rein gar nichts wissen wollte. Als er vier Jahre alt war, hatte man für ihn eine Art kleiner Vorschule ausfindig gemacht, wo er ungestörte Tage hätte verbringen können. Aber das sagte ihm gar nicht zu, und er beschloß, sich rauswerfen zu lassen. Nach zehntägigem Aufenthalt wurde meine Frau von der Leiterin zu einer Aussprache bestellt:

„Sehen Sie nur, wie Ihr Sohn mit mir umgegangen ist!" Sie wies einen ganz schwarzen Fußknöchel vor. „Und gucken Sie meine Arme an! Lauter blaue Flecken! Außerdem weigert er sich, ‚Madame' zu mir zu sagen. ‚Crottou' sagt er, ‚Miststück'. Gestern teilte ich ihm mit, daß ich eine Peitsche kaufen würde, um ihn zu züchtigen. Wissen Sie, was er antwortete? ‚Prima, Crottou, da geh' ich mit, und wir suchen uns beide eine schöne aus!'"

Die ehrwürdige Frau erstickte vor Empörung. Schließlich bemerkte sie:

„Wenn er sich nicht bessert, können wir ihn nicht behalten."

Trotzdem hatte Jérôme seine Möglichkeiten noch nicht erschöpft. Zwei Tage später fiel ihm ein, daß ihm der Speisezettel der Kantine nicht passe.

„Das ist kein Stück!" sagte er und wies entrüstet auf das Fleisch. „Das ist ein Happen. Ich will mehr essen."

Ermutigt und begeistert spendeten die anderen Buben Beifall. Schon dröhnte der Speisesaal von wüstem Zetergeschrei.

Daß man sie schlug und gröblich beschimpfte, nahm die Leiterin noch hin, aber eine Kundgebung gegen die Verpflegung ließ sie nicht zu. Am folgenden Tag wurde uns der künftige Gewerkschaftsführer zurückgesandt.

„Gegenwärtig", so schrieb die Dame, „ist er für ein kollektives Leben ungeeignet, in welchem er sich als ein störendes Element erweist."

Ich fand, er sei im Gegenteil für ein kollektives Leben sehr geeignet, da er schon als Vierjähriger das Prinzip sozialer Forderungen entdeckt habe. Aber da seine Genossen keinen Sympathiestreik veranstaltet hatten, mußten wir ihn wohl oder übel zu Hause behalten.

Ich war darüber keineswegs böse, denn die Schule bedeutete für uns recht frühzeitiges Aufstehen, das keineswegs nach unserem Geschmack war. Deshalb verfiel ich im folgenden Jahr auf das Verfahren mit einer Hauslehrerin. Junge Studentinnen gingen am Vormittag mit Jérôme spazieren. Warum konnten sie nicht eine Stunde länger bleiben, um ihm Lesen und Schreiben beizubringen?

Jérôme nahm dies sehr übel, und nach einer Woche voller Geschrei und Geheul verzichteten wir.

„Hör zu, Jérôme", sagte unsere stets hilfsbereite Freundin Pierette zu ihm, „wenn du mir eine ganze Seite vorliest, gebe ich dir, was du magst. Hörst du, was du magst. Was würde dir denn Spaß machen?"

„Spaß machen würde mir, die Seite nicht zu lesen."

Nichts zu machen! Ich versuchte bereits, mich mit der Vorstellung zu trösten, auch die Erfahrung mit einem Kind, das weder lesen noch schreiben könne, werde wohl recht interessant sein, als ich wieder Hoffnung faßte. Jérôme fing an, mich zu fragen, was auf den Wegweisern stehe und auf den Ladenschildern.

„Brauchst nur lesen und schreiben zu lernen, dann weißt du's."

Mein reizendes Büblein maulte und strampelte, kam aber dahinter, die Lektüre sei nicht ohne Nutzen. Im September schien er uns reif zu sein, und wir meldeten ihn in der nächsten Gemeindeschule an.

Einen Monat später kamen schon die ersten Zensuren. Von einunddreißig war er der Neunzehnte. Die Lehrerin schrieb, er könne mehr leisten. Wir waren gerettet. Jérôme würde lesen lernen und schreiben. Und dann?

Bis dahin hat man vielleicht wirklich den Unterrichtsbetrieb reformiert. Wenn er merkt, daß das, was man ihm beibringt, von Nutzen ist, wird er keinen Grund haben, nein zu sagen.

Denn mehr und mehr glaube ich, daß dies das ganze Geheimnis der Pädagogik ist. Man muß den Kindern den Eindruck vermitteln, daß ihre Tätigkeit nützlich ist. Nicht wie bei der Aufnahmeprüfung in Grenoble, wo man die Frage stellte, wieviel Passagiere unter den und den Umständen ein Autobus aufnehmen könne. Die Lösung lautete: 21,48 Personen! So kann man den Kindern die Mathematik ein für allemal verekeln.

Sicher sind die Streiche der Knilche drollig, vorausgesetzt, man hat nicht selber einen zum Sohn. Denn auf einen Sacha Guitry, der ein schier vollkommener Knilch gewesen sein dürfte, kommen wer weiß wie viele andere, die es nicht geschafft haben wie er, die dahinvegetieren und nie den Hang hinaufklettern können.
Deshalb wäre es mir lieber, Jérôme wäre gar kein Knilch, auch wenn meiner Sammlung dabei so manche Perle verlorenginge.
Von der Schule abgesehen, wurde Jérôme schon vor seinem sechsten Lebensjahr erträglicher. Einer unserer Bekannten, René, nahm ihn mehrmals mit. Es fing an mit einem Film. Da sie früh dran waren, sagte René:
„Jetzt sehen wir uns erst den Arc de Triomphe an!"
Dort machte er dem Kleinen klar, was es mit dem Unbekannten Soldaten auf sich habe. Aber plötzlich war das Stimmchen meines Sprößlings zu vernehmen:
„Jetzt hab' ich genug davon. Gehen wir lieber in die Folies Bergère."
Wohlverstanden, René ließ sich nicht auf die Folies

Bergère ein, und in der folgenden Woche wanderten die zwei Kameraden in den Zirkus.
Löwen, Clowns, Seiltänzer, all das betrachtete Jérôme mit gemilderter Teilnahme. Als dann aber die Tänzerinnen in Ballettröckchen auftraten, erwachte sein Interesse, und er fragte:
„Kann man die anfassen?"
Aber die schönste Frage stellte er, als ihn Jehanne in eine Galerie moderner Kunst mitnahm. Die ganze Ausstellung war schon abgetan, als er sich mit schmetternder Stimme erkundigte:
„Mama, wann kommen denn endlich die Bilder dran?"
Jetzt war er also in der Gemeindeschule des Stadtviertels, und dort behagte es ihm recht gut. Vielleicht, weil sich seine Lehrerin flott anzog, vielleicht auch, weil er bereits ein Anhänger der Laienschule war.
Auf jeden Fall gab er dort seine erste Schulperle zum besten.
Als seine Lehrerin ihn fragte, was denn ein Aeroplan sei, entgegnete er verdrießlich:
„Na, alle Tiere kann ich ja schließlich auch nicht kennen."
Um dieselbe Zeit erläuterte ihm seine Mutter:
„Die Walfischlein saugen an ihrer Mutter wie die Kälbchen an der Kuh."
„Nein", sagte er, „das ist nicht das gleiche. Die Kälber unter der Kuh lutschen die Milch. Aber bei den Walfischlein, da ist es wie bei den Autos. Die tanken Öl."
Indessen machte er im Lesen und Schreiben brave Fortschritte. Aber ach! – nach zwei Monaten wurde er krank, es war seine erste Infektion.

Doch verlor er dabei keineswegs seinen bedenklichen schwarzen Humor.

Eines Abends betrat Jehanne sein Zimmer.

„Jérôme!“ rief sie. Keine Antwort. Sie trat an sein Bett und erblickte einen reglosen Jérôme. Sie betastete ihn. Er war ganz steif. Als sie entsetzt aufschrie, rief er, entzückt über seinen Streich:

„Was gibt's denn, Mutti? Hast du mich gerufen?“

Die Bestrahlungen, Blutproben, Injektionen, die er auszuhalten hatte – für ihn waren es nur Anlässe, um seiner Mutter einen Schrecken nach dem andern einzujagen.

„In meiner Blutprobe“, sagte er, „hab' ich ganz schwarze Tierchen gesehen. Eins davon war ganz groß. Das war gewiß der Mikrobenchef.“

Um während seines Aufenthalts in der Kinderklinik auf andere Gedanken zu kommen, verlangte er von mir:

„Bücher voller Unglücksfälle, voll lauter Unglücksfälle!“

Übrigens muß ich Jérôme jener fünfjährigen Eveline vorstellen, die, als man unlängst von einer Straßenkreuzung sprach, an der sich mehrere Unfälle zugetragen hatten, äußerte:

„Wenn ich mal Geld habe, dann muß ich da wohnen. Da sehe ich viele Autounfälle.“

Ein anderes Mädchen, das Jérôme gefallen hätte, ist eine gewisse Suzon, von der Jules Lemaître spricht. Ihre Mutter setzte ihr unablässig Probleme vor, wie etwa dies: „Wenn du sechs Äpfel hast und zwei davon aufißt, wieviel bleiben dir dann übrig?“

„Hör zu, Mama", sagte sie eines Tages. „Wenn ich fünf Augen habe und sechs davon stichst du mir aus, wieviel bleiben mir dann übrig?"
Man sieht, der schwarze Humor beschränkt sich nicht nur auf männliche Knilche jugendlichen Alters.

Brigitte und ihresgleichen

Zwei Brüder habe ich. Der eine ist Dekan der naturwissenschaftlichen Fakultät in Montpellier, der andere ist Textilfachmann. Er ist der beste Bridgespieler in der Umgebung von Bordeaux und vor allem Brigittes Vater. Brigitte verzichtet keinesfalls darauf, sich Aussprüche zu leisten. Dieses kleine, fünfjährige Weibchen ist recht dickköpfig, zuweilen brummig, und vor den Erwachsenen hat sie nicht den geringsten Respekt, sagt sie doch beispielsweise „alter Gasmann" zu mir.
Für die Schule, für Musik und für den Humor ist sie durchaus begabt. Meine Mutter, die in Gradignan einen Teil des Hauses meines Bruders bewohnt, ist ganz weg von ihr. Mit Begeisterung ging sie auf meinen Vorschlag ein, die Chronistin ihrer Enkelin zu werden. So gingen mir an die fünfzig Aussprüche zu, die dem Munde der genannten Brigitte entglitten.
Allerdings habe ich eine Auswahl getroffen. Da sind welche, die nur nach langen Erläuterungen amüsant wirken können, und Weitschweifigkeit ist der Tod jeder komischen Wirkung. Andere verdienen es dem Gehalt nach nicht, der Nachwelt überliefert zu werden.
Brigitte hat, wie meine Mutter sagt, „ihren kleinen Charakter für sich".
„An deiner Stelle", sagte diese eines Tages zu ihr, „würde ich es nicht so machen."
„An meiner Stelle", antwortete Brigitte, „würdest du es genauso machen."
Ein andermal hatte die Kleine allerhand einzuordnen, als eben die Großmutter ihr Zimmer betrat.
„Gleich bin ich fertig", sagte sie. Dann rückte sie, ganz die Frau von Welt, zwei Stühle zurecht und fuhr fort:

„So, und jetzt wollen wir plaudern."
Alles möchte sie so machen wie die großen Leute. Als sie sah, wie ihre Großmutter eines Tages einen Scheck ausschrieb, stellte auch sie einen über zehn Franken aus. Er war an die Adresse eines Herrn gerichtet.
„Auch der Anlaß der Sendung muß vermerkt werden", sagte die Großmutter. Brigitte richtete sich danach und schrieb:
„Diesen Scheck sende ich Ihnen, weil ich Sie liebe."
Trotz ihrer intellektuellen Frühreife bleibt Brigitte glücklicherweise ganz naiv. Die Flieger, so glaubt sie, wohnen im Himmel.
„Ihre Kinder haben vielleicht Dusel", sagt sie. „Die haben prima Plätze, wenn der Weihnachtsmann seine Geschenke austeilt."
Ihre Zukunftspläne sind ganz mütterlicher Art. Einen Schwarzen will sie heiraten, weil die Negerbabys so niedlich sind.
Inzwischen muß sie aber wie alle kleinen Mädchen abends zeitig ins Bett, selbst wenn sie noch so große Lust hat, aufzubleiben. Daß die großen Leute sie dabei begleiten, leuchtet ihr nicht ein.
„Ich kann doch gut alleine schlafen gehen. Bevor ich zwanzig bin, lass' ich mich von niemand ausziehen."
Auch verfährt sie sehr logisch.
„Was tut man, um ein Auto zum Halten zu bringen?" fragt ihr Vater.
„Man hört auf zu fahren", antwortet sie.
Als sie an einem LKW vorbeikam, über dessen riesige Reifen sie sich wunderte, ging sie ganz dicht ran und sagte zu ihrer Großmutter:

„Diese Reifen müssen fünf Jahre alt sein. Die sind genauso groß wie ich.“
Meine Mutter vergißt es nicht: Aus Brigitte soll einmal ein junges Mädchen ohne Fehl und Tadel werden. Da mein Bruder gelegentlich flott drauflosflucht, hielt sie es für angebracht, darauf hinzuweisen, die Herren könnten wohl mal derbe Worte in den Mund nehmen, kleine Mädchen aber keineswegs.
„Großmütter auch nicht!“ fügte Brigitte hinzu.
Noch eine letzte Entgegnung, die ich besonders liebe, vielleicht, weil sie mich an Jérôme erinnert! Brigitte war damals viereinhalb Jahre alt, und ihre Mutter berichtete ihr, die Nachbarin habe sich das Bein gebrochen.
„Nun kommt der Krankenwagen und bringt sie in die Klinik.“
„Warum denn der Krankenwagen? Kann sie denn nicht hinhumpeln?“ meinte Brigitte.
Dominique, die Tochter meiner Schwägerin Inès, eine kleine Zwölfjährige, hält sich vielleicht mit Unrecht für filmbegabt, ja für eine zweite Brigitte Bardot, aber ich finde sie so drollig, daß ich ihr alles mögliche zugute halte. Aussprüche liefert sie, wie man ein- und ausatmet, und um eine Antwort ist sie nie verlegen.
„Kinder sprechen nur, wenn sie drankommen, und sie kommen nie dran.“
Dieser Aphorismus, den ich gelegentlich wiederhole, macht keinerlei Eindruck auf sie. Da ist es schon besser, ihr zuzuhören.
Im letzten Sommer hatte ihr Jehanne in Biarritz ein Badetrikot gespendet.
„In diesem Trikot“, sagte sie, „sieht man die Grübchen

in meinem Po. Aber gerade das ist ja der Zauber der Frau."

Ihrer Tante Frède teilte sie mit:

„Stell dir vor: Meine Großmutter sagte mir eben, sie sei eine geborene Gräfin, und dabei hab' ich sie immer für eine ganz normale Frau gehalten!"

Ihre Mutter beauftragte sie, den Hausarzt anzurufen, dessen Tochter eben geheiratet hatte:

„Sag ihm auch, ich werde ein Geschenk senden!"

In Dominiques Mund wird daraus folgendes:

„Hallo, docteur! Mama ist krank. Aber keine Angst! Wenn sie erst gesund ist, wird sie Ihnen schon das Nötige versetzen."

Philippe, Dominiques Bruder, ein neunjähriger Blondkopf, der Jérôme etwas ähnelt, hat ebenfalls einige Aussprüche auf Lager. So verlegt er Perpignan in die Horizontalpyrenäen.

Als ihn eines Tages seine Schwester geneckt hatte, ver-

setzte er ihr eine Kopfnuß mit der fröhlichen Bemerkung: „Alles, was von oben kommt, ist gesegnet."
Gewiß, auch Untaten kommen auf sein Konto, so an jenem Tage, als er seiner Mutter angekündigt hatte, er werde sich umbringen. Sie gab nicht acht darauf, bis sie in sein Zimmer trat, in dem kein Insasse vorhanden war. Statt dessen stand vor dem offenen Fenster ein Stuhl. Man beruhige sich: Philippe hatte sich nicht vom vierten Stock auf die Straße gestürzt. Er hatte sich unter dem Bett versteckt.
Seit seiner Geburt hatte Jérôme kaum Gelegenheit gehabt, mit Brigitte zusammenzukommen, auch nicht mit Dominique oder Philippe, die damals in Toulouse wohnten. Im letzten Jahr waren seine besten Freunde Pascal und Christiane, die Kinder des Portiers, beide recht gewitzt, aber ihre Aussprüche habe ich leider nicht verzeichnet. Statt dessen kommt in meinem Notizbuch die

braune Agnes vor, Tochter unserer Freundin und Nachbarin Pierette. Sie war so gegen neun Jahre alt, als sie unserem Jérôme ein Album zum Ausmalen versprach.
„Worauf wartest du eigentlich noch?“ fragte ihre Mutter, als sie feststellte, daß das Versprechen noch immer nicht erfüllt war.
„Ja, weißt du“, entgegnete Agnes, „man muß verstehen, die Männer warten zu lassen.“
Zum erstenmal allein, schrieb sie vom Wintersport aus nach Hause:
„Hier ist es prächtig, und man ist nicht verpflichtet, seinen Eltern zu schreiben. Ich küsse dich recht herzlich . . .“
Wenn ich die Siegespalme für bedenklichen Humor zu verleihen hätte, käme sie, von Jérôme abgesehen, Inès zu. Diese Brünette, stämmig wie der Champion einer Rugbymannschaft, ist meine helle Freude. Als sie vier Jahre alt war, machte es ihr besonderen Spaß, jedem Priester, den sie sah, mit dem fröhlichen Zuruf „Guten Tag, Papa!“ einen Kuß zu geben.
In der Tat hat sie einen Vater, den sie vergöttert. Dieser war jahrelang jederzeit für einen guten Tropfen zu haben, bis er eines Tages, von einer Stunde zur andern, zum Alkoholgegner wurde. Diese Willensleistung bewunderte sie mit Fug und Recht. Weshalb sie, als man sie in der Schule nach dem Beruf ihres Vaters fragte, stolz erwiderte:
„Journalist und ehemaliger Trinker!“
Unnötig zu bemerken, daß sich Inès und Jérôme verstehen wie zwei Jahrmarktsgauner, es sei denn, daß sie unter dem Vorwand, sie sei zwei Jahre älter, versucht,

ihn wie ein Baby zu behandeln. Von einer Idylle zwischen den beiden ist indessen nicht die Rede. Inès hat andere Absichten. Ihrer Mutter hat sie versichert:
„Wenn ich mal groß bin, heirate ich einen alten, sehr reichen und sehr grausamen Gelehrten." (Offenbar so etwas wie einen angejahrten Dr. Mabuse.)
Ihre etwas abartigen Neigungen bekunden sich auch sonst in befremdlichen Fragen:
„Wie heißt man die Leute, welche die Kinder umbringen?"
„Kindermörder."
„Und die Leute, welche die Ungeheuer umbringen?"
„Weiß ich nicht."
„Dann sag mir wenigstens, was die dabei verdienen."
Als sie erfuhr, ihr Urgroßvater sei dereinst ertrunken, fragte sie:
„Schaukelt er da als Toter immer noch auf dem Wasser herum?"
Eines Tages verkündete sie triumphierend:
„Heute war die Lehrerin sehr zufrieden mit mir." Als man sie nach dem Grund fragte, kam folgende Antwort:
„Von einer Mitschülerin hat sie gesagt: ‚Die da ist ja ganz entsetzlich. Da ist mir sogar die Inès noch lieber.'"
Das erinnert an die Geschichte von dem Mädelchen, das seiner Mutter mitteilte:
„Heut hab' ich wirklich in der Schule die beste Antwort geliefert."
„So, welche denn?"
„Ich hab' gesagt, die Papageien hätten drei Füße."
„Aber sie haben doch nur zwei."
„Das schon, aber die andern haben vier gesagt."

Sind sie erst wieder zu Hause, dann verlieren die Knilche, die weiblichen wie die männlichen, nichts von ihrer sicheren Erhabenheit. Einer, zum Beispiel, verkündete triumphierend:
„Heute hat der Lehrer zu mir gesagt: ‚Diesmal wenigstens bist du der erste.'"
„Der erste worin?"
„Der erste beim Rausrennen zur Pause."
Bewundernswert die Auskunft eines Buben, der ganz befriedigt bemerkte:
„Prima hab' ich heute in der Schule abgeschnitten."
„Bravo", sagte Mutti. „Erzähl schon!"
„Na ja, der Lehrer wollte mich in die Ecke stellen. Aber es waren schon alle vier besetzt."
Ein anderer erwiderte auf die Frage, wie denn der Schulrat gewesen sei:
„Sehr fromm!"
„Wieso fromm?"
„Ja, jedesmal, wenn ich antwortete, hob er die Augen zum Himmel und sagte: ‚Mein Gott, mein Gott!'"
Ein waschechter Knilch, den sein Vater wegen seines miserablen Zeugnisses verdroschen hatte, wischte sich die Tränen ab und sagte:
„Und ich dachte, du wärst stolz auf einen Sohn, der den Schneid hat, mit solchen Noten nach Hause zu kommen!"
Wenn die Kinder die Letzten in der Klasse sind, kann man ihnen Vorhaltungen machen wie jene Mutter, die ihren Nachkömmling beim Ehrgeiz packen wollte:
„In deinem Alter würde ich mich schämen, mit den ganz Kleinen in einer Klasse zu sitzen."

„Aber nein, Mama, es gefällt mir zu sehen, wie stolz sie darauf sind, mit mir in einer Klasse zu sitzen."
Zuweilen wirken ihre Entgegnungen verletzender.
„In deinem Alter", so lautete eine väterliche Ermahnung, „war Napoleon immer der Erste in seiner Klasse."
„Ja", sagte der Junge, „aber in deinem Alter war er Kaiser der Franzosen."

Wenn nun der Lehrstoff offenbar eine geringfügige Rolle spielt, was treiben die Knilche denn dann eigentlich in der Schule?

Einer, dem man im letzten Jahrhundert diese Frage vorlegte, sagte:
„Ich warte, bis es klingelt."
Ein anderer:
„Ich warte, bis ich größer werde."
Ein dritter meinte:
„Die Schule ist gar nicht so übel. Aber ich finde, zwischen den Pausen gibt's zuviel tote Zeit."
Indes, schließlich muß man, wohl oder übel, doch dran glauben. Da wurde ein Mädelchen nach dem ersten Schulbesuch von der Mutter gefragt, wie es denn gewesen sei.
„Nett", sagte sie, „aber ich war voller Unruhe, Mama. Es war ja schließlich das erstemal, daß ich dich längere Zeit allein lassen mußte."
Eine sechsjährige Nicole erklärte bei der gleichen Gelegenheit:
„Wenn du nur wüßtest, wie reizend das Fräulein ist! Sanft ist sie. Schimpfen tut sie nicht. Schöne blonde Haare hat sie, und sie heißt Marie."
Eine Minute lang dachte sie nach, dann fügte sie hinzu:
„Aber eine Jungfrau ist sie nicht."
Nur schade, daß die Wahrheit aus Kindermund einem nicht immer so köstlich vorkommt. Denn hier geht es nicht ohne Opfer ab. Zum Beispiel weiß ich nicht, wie der alte Oberst reagierte, der den kleinen Maurice auf den Knien schaukelte.
„Bist du zufrieden? Macht's dir Spaß?" fragte er nach einer Weile.
„Ja, es macht schon Spaß. Aber auf einem richtigen Esel wär's mir noch lieber."

Noch peinlicher wirkt die Bemerkung jener Kleinen, deren Namen ich vergessen habe und die den Begrüßungskuß ihrer Tante folgendermaßen quittierte:
„Weißt du, jetzt wisch' ich's gar nicht mehr ab, wenn man mich küßt. Ich lass' es einfach trocknen."
Einer anderen Kleinen hatte eine ziemlich geizige Tante eine Puppe geschenkt, die offenbar dem Ausverkauf entstammte.
„Vielen Dank!" sagte das Mädchen.
„Ist nicht der Rede wert, mein Kind."
„Ja, das weiß ich schon. Aber Mutti hat gesagt, ich soll trotzdem ‚danke schön!' sagen."
Alten Leuten gegenüber gilt hier kein Erbarmen. Da denke ich an jenen Jungen, den seine Mutter zu einem Besuch bei einer alten, besonders hinfälligen Schauspielerin mitgenommen hatte.

„Wie nett", sagte diese, „eine arme Alte aufzusuchen, die auch einmal hübsch war, die es aber nicht mehr ist." Der Junge wandte sich seiner Mutter zu und sagte: „Siehst du, sie weiß es selber, wie mies sie aussieht."
Manchmal hindert auch die beste Absicht nicht daran, daß man sich vorbeibenimmt. Ein kleiner Jean Paul aß bei seiner Großmama zu Mittag. Sie wollte ihm zuerst vorlegen.
„Ach nein", sagte er. „Die alten Leute immer zuerst!"
Auch den Eltern geht's nicht besser. Die sechsjährige Nathalie sieht ihrer Mutter zu, wie die sich schminkt.
„Mutti", sagt sie, „wie alt muß ich sein, damit ich mir auch was aufs Gesicht schmieren darf, statt mich zu waschen?"
Zwanzig Beispiele könnte man anführen zu Themen wie falsche Zähne, Perücken, Glatzköpfe und so fort.
Geschichten moralischen Gehalts sind mir da lieber, wie jene von dem Vater, der eines Tages zu seinem Sohn sagte:
„Junge, du leistest rein gar nichts in der Schule! Als ich so alt war ..." Er wird durch die ironische Bemerkung seines Jungen unterbrochen:
„Papa, gib acht! Sonst bringst du noch Oma zum Lachen!"
Die Eltern sollten es lieber bleibenlassen, vor den Kindern groß anzugeben. Sonst geht es einem wie jenem Vater, der dem Sohn seine Heldentaten während des letzten Krieges auftischte. Als er geendet hatte, murmelte der Bub:
„Da frag' ich mich nur, wozu man dann all die anderen Soldaten brauchte."

Denn nur selten lassen sich die Kinder an der Nase herumführen. Zuweilen sind ihre scheinbaren Schnitzer sogar beabsichtigt. Ich erinnere mich, wie ich als Siebenjähriger vor einer Verkäuferin, über die ich mich ärgerte, zu meiner Mutter sagte:
„Ach, Mama, was hat sie denn, diese Dame? Ist sie krank? Sie hat ja so rote Fingernägel!"
Manchmal treibt es das Jungvolk noch ärger. Manche gehen bis zur Erpressung wie jene Ginette, eine Kleine, die häufig zum Spaziergang von einem Vorfahren mitgenommen wurde, Typ älterer Don Juan, der nicht aufgeben will.
„Wenn du mir keine Bonbons kaufst", meinte sie, „dann sag' ich vor allen Leuten ‚Opa' zu dir."

Aber zurück zu Brigitte! Wenn auch keine Françoise Sagan und keine Agatha Christie aus ihr werden wird, ist sie dennoch nicht ohne literarischen Ehrgeiz. Eine ihrer Kurzgeschichten hört sich folgendermaßen an:
„Es war einmal ein Herr, der konnte nicht Auto fahren. Er fuhr gegen einen Baum. Er ist verwundet. Man bringt ihn ins Krankenhaus. Der Doktor hat gesagt, die Schulter ist zerbrochen. Seine Frau weinte, weil sie ihren Mann nicht mehr hatte. Er ist wieder nach Hause gekommen. Er ist fünf Monate lang im Bett gelegen. Als er geheilt war, hat man ihm das Fahren beigebracht. Hinterher hat er fahren können. Er hat keine Dummheiten mehr gemacht. Seine Frau war froh."
Dazu noch ihre Geschichte von dem Wolf, zu der wohl

das Märchen vom Wolf und den sieben Geißlein Pate gestanden hat. In ihr berichtet sie, wie der böse Wolf den Vater, die Mutter, den Opa, die Oma und so fort aufgefressen hat, und sie schließt mit den Worten:
„Ein toller Haufen Leute kam da in seinem Bauch zusammen."
Man wird es mir zugute halten, wenn ich hier den eigenen Sprößling und seine Erzählung vom Rotbart nicht übergehe:
„Rotbart kam zum Kaufmann und sagte: ‚Wollen Sie mir Zucker geben?' Er zahlte mit einem Geldstück, und der Kaufmann steckte es in seine Kasse. Da hörte man, wie das Geldstück sang. ‚Ei', sagte der Kaufmann, ‚das gibt ja einen Plattenspieler für uns ab.' Er drehte es um, und schon hörte es auch auf. Rotbart teilte an alle Leute Geldstücke aus, und da gab es Musik zu hören, auf den Straßen, in den Häusern, überall, rein überall."
Zwei liebenswürdige Leser haben mir indochinesische Perlen zugesandt. Auch sie haben ihren Reiz. Man urteile selbst:

Wie es bei einer Eisenbahnfahrt zugeht

„Ich berichte folgende Begebnisse auf der Eisenbahn: Die Fahrkarte in der Hand, schält man sich aus der Menge los und begibt sich zum Bahnsteig.
Etwas weiter ab verabreichen sich etliche Franzosen süße Küsse und warme gegenseitige Händedrücke. Wer zu spät kommt, rennt in gestrecktem Galopp und stürzt sich gewissenhaft in den fahrenden Zug.

Im Zug erblickt man frisch aus der Knospe erblühte junge Mädchen, bunte Blumen auf grünendem Zweig. Sie lachen und entfalten sich leichthin, und der Zephir, der durch das Abteilfenster hereinweht, umschmeichelt sie verliebt. Die Schäfer und die Telegrafenmaste bleiben hinter dem Zug zurück. Man erblickt eine eisenbetonerne Brücke. Lärmend entleeren sich die Reisenden auf den Bahnhöfen. Im Nu steigen sie aus, und in dem Durcheinander rennen sie aus Leibeskräften dahin. Zu dieser Stunde ist man rings umgeben vom Geschrei der Karrenführer."

Wenn Sie so glücklich wären, mit dem Großen Los 60000 Piaster zu gewinnen,
was würden Sie damit anfangen?

„Sollte ich so eine ausgiebige Summe gewinnen, dann würde ich vielleicht tot umfallen vor lauter Freude. Den Krüppeln würde ich helfen, welche die Straße entlanghumpeln. Ich ließe Gärten anlegen voller Gummibäume. Grundstücke würde ich kaufen, ein Feldbett, Räucherkerzchen und so weiter.
Leuchter kaufe ich dann, um mein Haus zu schmücken. Einen Ballon kaufe ich, den ich in der Auslage eines Basars gesehen habe.
Drei Piaster bleiben mir dann noch übrig. Die nehme ich und stecke sie in die Sparbüchse."

In den „Geschichten von Kindern, die von ihnen selbst erzählt und illustriert wurden", begegnet man zwei oder drei recht außergewöhnlichen Texten, insbesondere dem der neunjährigen Jacqueline Guyot.

Sie berichtet die mißlichen Abenteuer Bambukukulas, eines Negerleins.

Er fällt hin, als er grade einen Topf Bananenmarmelade klauen will.

Der Schluß lautet folgendermaßen:

„Da hatte er sich nun das Bein gebrochen, als er von der Leiter herabstürzte. Der Doktor hat es ihm dann abgeschnitten, und aus einem Stumpen Bananenholz hat man ihm dann ein Holzbein gemacht.

Er war recht unglücklich, der kleine Bambukukula, weil man mit einem Bananenbein nur ganz schlecht laufen kann. Seine Mutti hat viel geweint, dann hat sie ihn feste verprügelt, und da hat er noch mal tüchtig gebrüllt.

Von Bananenmarmelade hat er nichts mehr wissen wollen. Genäschig ist er nicht mehr."

Auch in diesem Zusammenhang kann ich selber keinen Anspruch darauf erheben, ein typischer Knilch gewesen zu sein.

Aber das Manuskript meines ersten Meisterwerkes hob ich mir auf, einen Roman, den ich als Neunjähriger verbrochen habe.

Es handelt sich um ein kariertes Heft mit einem Kamel auf dem Umschlag.

Titel gibt es keinen, nur den Vermerk: Kapitel I. Dann geht es folgendermaßen an:

„,Na, Jacques, jetzt ist man ihnen endlich hinter ihre

Schliche gekommen, diesen verdammten Revolutionären!'

Der so sprach, war der Graf Charles de Maurence."

(Vater und Sohn begaben sich dann in den Keller eines alten Spitals, wo sie den Baron de Valois wiederfanden, der nach meinem Plan einige Kapitel später zu sterben hatte. Um die Angelegenheit nicht allzu traurig zu gestalten, hatte ich aus ihm „einen alten, kleinen, untersetzten Junggesellen" gemacht. Auch eine Blanche gab es, die Braut von Jacques, Sam, einen Schwarzen, gewaltig groß und stark, Blanche ganz und gar ergeben, und einen Neufundländer namens Black. Der Graf geriet in Gefangenschaft, und zwei Seiten weiter fand man ihn in seinem Kerker.)

„Eben hatte er sein Mahl beendet, als ein Papierchen vor ihn hinfiel.

Es war ein Stein, an den man ein Stück Papier, eine Feile und einen Bleistift gebunden hatte. Das Briefchen stammte von Jacques.

Der Graf las:

‚Teurer Vater! Säge mit der Feile, die wir dir schicken, das Gitter durch. Wenn ja, dann schreibst du es hinten auf die Karte drauf!

Beiliegender Bleistift zusammen mit dem Stein und der Karte, die du aus dem Fenster wirfst, wird dir dabei helfen.

Dein zärtlich liebender Sohn Jacques'"

Als ich so weit gekommen war, hatte ich innegehalten. Erst einige Wochen später nahm ich den Roman wieder auf.

Aber da mir die Arbeit ziemlich langwierig vorkam,

beschloß ich, eine Novelle draus zu machen, und mit vier Zeilen war die Geschichte zu Ende:
„Der Graf sägte sein Gitter durch und glitt am Seil hinunter, und bald waren unsere Freunde vereint. Einige Tage später wanderten sie aus.
Jacques und Blanche heirateten, und alle Welt war zufrieden."

Guter Rat für groß und klein

Sooft ich ans Lateinische denke, überkommt mich das Gefühl, von einem Alpdruck befallen zu werden. All diese Stunden, die man in der Klasse zu durchsitzen hatte – sechs, sieben, acht pro Woche, was weiß ich! Von Hausarbeiten gar nicht zu reden: Übersetzungen, bei denen mich die Sinnwidrigkeit in jeder Zeile belauerte und die, bekam ich sie zurück, nur so von roten Strichen wimmelten: Barbarismen, Solözismen ... Lateinischen Versen, die man auswendig lernen mußte, dazu jene entsetzlichen Präparationen, die kein Ende nahmen!
„De viris illustribus Urbis Romae", Horatius Cocles, der sich den Arm verbrannte ... oder war es nicht doch Mucius Scaevola? Die Gänse des Kapitols, Tarquinius und Camillus, der Vater des Vaterlandes, und Cato, der alte Armleuchter! Ahnten sie alle, daß man sich zwanzig Jahrhunderte später noch für ihr Kirchturmsgezänk und ihre Straßenraufereien interessieren würde? Die Gallierkriege, Julius Cäsar, die Metamorphosen des Ovid, als wäre seine „Liebeskunst" nicht interessanter gewesen, nicht zu vergessen Cicero mit seinen endlosen Bandwurmsätzen, den „Perioden", um im Stil der Studienräte zu sprechen. Plinius der Ältere, Plinius der Jüngere, Horaz mit seinen Satiren, Plautus, Petronius, der Ulkigste von der ganzen Gesellschaft, der einzige, bei dem man noch eine verwehende Witterung von den berühmten römischen Orgien zu spüren vermeint!
Sechs Jahre Latein – wozu? Um mit knapper Not am Tage des Abiturs mit zwanzig Zeilen Übersetzung fertig zu werden. Und heute reicht es nicht mehr, jene bekannte Stelle zu übertragen: „Tityre, tu patulae re-

cumbans sub tegmine fagi –" Tityrus, lagernd unter dem Dach breitfächriger Buchen –, reicht es nicht mehr, um rosa, die Rose, zu deklinieren! Immerhin weiß man: „Audaces fortuna juvat" bedeutet nicht: „Die Verwegenen machen ihr Glück in Java."

Soweit bin ich also zwanzig Jahre nach meinem Abi, in dem ich immerhin noch eine anständige Zensur ergatterte, befriedigend, wenn mir recht ist. Die Latinisten, und Jupiter weiß, wie viele es gibt, versichern, das Studium dieser abgestorbenen Sprache sei das beste Mittel, um Französisch zu lernen. Um ihre Ansicht zu stützen, weisen sie darauf hin, daß man in den Schularbeiten der Realschüler viel mehr französische Fehler finde, weil sie nie Latein getrieben hätten.

Was für ein Unsinn! Wenn sie mehr französische Fehler machen, so deshalb, weil sie eben für die naturwissenschaftlichen Fächer begabt sind.

Tragischerweise glauben die französischen Spießbürger, es bedeute einen Abstieg, wenn ihr Junge kein Latein habe, und die Arbeiter vermeinen, gesellschaftlich eine Sprosse höher zu klettern, wenn ihr Sprößling rosa, rosae aufzusagen vermag. In der UdSSR und in den USA hat man schon längst darauf verzichtet, sich mit den Versen Virgils und den Tiraden Ciceros abzuquälen. Ergebnis: Die besten Schüler vergeuden ihre Zeit nicht mehr, und viele entdecken dabei ihre technische Berufung, die ihnen erlaubt, Ingenieur zu werden in einer Zeit, in der die Ingenieure die wahre Kraft einer Nation darstellen.

Seien wir also Realisten, und lassen wir alle Stunden, die mit dem Studium des Lateins vertan werden, dem

Französischen und einer oder zwei lebenden Sprachen zukommen.

Natürlich müssen dann die wackeren Professoren des Englischen auch bereit sein, ihre Methoden zu revidieren und ein Englisch zu lehren, wie man es im Jahre 1965 spricht.

Wenn nämlich ein Gymnasiast nach England kommt, muß er verdutzt erleben, daß dort eine Sprache üblich ist, die sich von jener, die er in der Schule gelernt hat, wesentlich unterscheidet.

Man sollte also Macbeth, Hamlet & Co. durch die TIMES ersetzen, durch die DAILY MAIL oder den letzten Roman Agatha Christies. Und jedes Jahr sollte man die Studienräte an die Anekdote von jenem internationalen Kongreß erinnern, in dessen Verlauf ein Dolmetscher gesucht wurde, der perfekt das Französische beherrschte. Einer hob die Hand und sagte:

„Je!"

Schön und gut, wird man einwenden, aber wenn die ehemaligen Lateinlehrer nun zusätzlichen französischen Unterricht geben, wer soll dann zusätzlich Englisch geben oder Deutsch? Sie wissen, daß es an Studienräten fehlt. Warum? Weil sie so kümmerlich besoldet sind.

„Der Mensch bleibt immer ein Mensch", pflegte meine Großmutter zu sagen. Man versuche, die Landärzte mit dem gleichen Gehalt abzuspeisen wie die Volksschullehrer, die Herzspezialisten und andere Spezialisten so zu bezahlen wie die Studienräte, und man wird erleben, wie schnell das Niveau der französischen Medizin sinken wird.

In einer normalen Welt müßten Gelehrte, Ingenieure,

Ärzte, Künstler und Lehrpersonen am besten entlohnt werden. Statt dessen verteilt unsere prächtige Gesellschaftsordnung die fettesten Zuwendungen an hochklassige Prostituierte und an jenen Schlag von Geschäftsleuten, die man „intermédiaires" nennt, Geschäftsvermittler.

Aber da gerate ich auf die Pfade der Utopie. Also zurück zu unseren Gymnasien, zu unseren Knilchen und ihren Perlen, die noch das amüsanteste Resultat unserer falschen Bildungsmethoden sind.

„Wenn ich mir vorstelle", sagte ein Lehrer zu einem Knilch, „daß du gerade bis zehn zählen kannst! Ja, wenn du so weitermachst im Faulenzen, was soll denn da aus dir werden?"

„Schiedsrichter beim Boxen", war die Antwort.

Da fällt einem die Geschichte von jenem Schüler ein, der zur Strafe zwölfmal zu konjugieren hatte: „Im Französischen bin ich eine Null."

Am folgenden Tag brachte er seine Strafarbeit mit.

„Aber", sagte der Lehrer, „du hast ja den Satz nur sechsmal durchkonjugiert."

„Das kommt davon, M'sieur, daß ich auch im Rechnen recht schlecht bin."

Mit dem Konjugieren ist das überhaupt so eine Geschichte. Es scheint nicht so leicht, hinter seine Tricks zu kommen.

Die kleine Danielle wurde zum Beispiel von ihrer Lehrerin gefragt:

„Wenn du es bist, sagst du: ‚Ich singe.' Aber was sagst du, wenn dein Vater singt?"

„Hör auf!" erwiderte Danielle.

Eine kleine Naschkatze sollte konjugieren: „Ich backe einen Kuchen, und ich esse ihn auf." Sie schrieb:
„Ich backe einen Kuchen, und ich esse ihn auf.
Du bäckst einen Kuchen, und ich esse ihn auf.
Er bäckt einen Kuchen, und ich esse ihn auf ..."

Ein Junge sollte den Satz „Das Pferd zieht den Wagen" in die Befehlsform überführen. Er schrieb kurzerhand in sein Heft:
„Hüh!"

Edouard Herriot, einstiger Kammerpräsident, ging als Pennäler nicht ganz soweit, aber immerhin. Er hatte einen Gymnasiallehrer, der stets in der ersten Person der Mehrzahl sprach:
„Zu morgen schreiben wir hundert Zeilen", sagte er eines Tages zu dem jungen Herriot.
Am nächsten Tag brachte dieser nur fünfzig Zeilen mit.
„Da fehlt ja die Hälfte", sagte der Professor.
„Ja, Herr Professor, die Ihrige. Sie haben ja gesagt: ‚*Wir* schreiben hundert Zeilen.'"
Manchmal grenzt so eine Antwort an Unverschämtheit.

„Ich stehe mitten in Paris", sagte der Lehrer, „und ich grabe ein Loch, grabe und grabe. Wenn ich so fortfahre, wo komme ich da hin?"
„Ins Irrenhaus!" sagte der Klassenknilch.
Ein anderer Pädagoge fragte:
„Wie nennt man eine Person, die da redet, ohne irgend jemand zu interessieren?"
„Eine Lehrperson", entgegnete ein Schüler.
Von der Unverschämtheit zur Revolte ist nur ein Schritt. Diesen Schritt tat unlängst ein Junge in Bergerac in der Dordogne. Der Professor hielt seinen Zöglingen eine donnernde Strafpredigt. Plötzlich stand einer auf und sagte:
„Seien Sie nicht so anmaßend! Wovon wollten Sie denn leben, wenn wir nicht wären?"
Wie sollen die Schüler aber auch für ihre Studienräte Achtung aufbringen, von denen sie wissen, daß sie schlechter bezahlt werden als der Durchschnitt ihrer Eltern?
Kein Wunder, wenn da jener Schüler des Gymnasiums zu Talence, dem sein Professor die „Knilche von der letzten Bank" konfisziert hatte, wütend ausrief:
„Sie haben eben das Geld nicht übrig, um sich das Buch zu kaufen!"

„Dummheiten gibt es, für die ein Mann von Geist Geld ausgeben würde." Der Satz stammt nicht von Voltaire, sondern von seinem Freund Claude Henri de Fusée, Abbé von Voisenon, der übrigens ein Wunderkind war.

Kaum zwölf Jahre alt, richtete er einen Brief an Voltaire. Die Antwort, die er bekam, ermutigte ihn, und er wurde rückfällig. Voltaire schrieb ihm:
„Sie mögen gerne Verse. Ich prophezeie Ihnen, Sie werden welche machen, und zwar reizende."
Sicher, vor Wunderkindern muß man sich in acht nehmen, um so mehr, als die Wunder meist von den Eltern herrühren. Freilich gibt es Ausnahmen wie Mozart.
Aber auch die echten Wunderkinder wirken nicht auf alle Leute sympathisch.
Pico della Mirandola, der bereits im Alter von zehn Jahren ein Meister im Quiz, im Frage-und-Antwort-Spiel, war oder es hätte werden können, wenn es das schon gegeben hätte, bewies seine Schlagfertigkeit folgendermaßen, als ein älterer Herr mißmutig zu ihm sagte:
„Allzu frühreife Kinder verdummen später, je älter sie werden."
„Ach", erwiderte der Junge, „was müssen Sie da dereinst für ein geistreiches Kind gewesen sein!"
Es ist gar nicht so übel, wenn es mal umgekehrt kommt, wenn den Älteren gelegentlich von den Kindern der Mund gestopft wird.
In der Zeitschrift „Constellation" wurde die Geschichte von einem alten Beamten erzählt, der ein wahres lebendes Denkmal der Feierlichkeit war. Er hatte einen aufgeweckten Enkel, einen quicklebendigen, sangesfrohen kleinen Faulpelz.
Mit sieben Jahren wußte er mit der Multiplikation rein gar nichts anzufangen. Vater und Mutter waren verzweifelt.

Nach allerlei Strafen beschlossen sie, den verlorenen Sohn dem gefürchteten Großvater zu präsentieren. Der saß in seinem Sorgenstuhl und ließ sich den Schuldigen in gebührender Haltung vorführen. Mit seiner Patriarchenstimme donnerte er ihn an:

„Du bist die Verzweiflung deiner Familie. Somit bist du nicht mehr mein Enkel. Ein Esel bist du, und das wirst du immer bleiben."

Eine Viertelstunde ging es so weiter.

Das Kind hörte sich die Litanei aufmerksam an, so daß die Eltern bereits ein günstiges Ergebnis erwarteten. Als sie zu Ende war, rief der Bub:

„Ja, ja, aber ich bin doch wenigstens lustig!"

Ein Wort, das einem André Maurois gefallen müßte, der da schrieb:

„Vor dem sechsten Lebensjahr und nach dem siebzigsten, das sind die Zeiten, in denen der Mensch das Recht hat, natürlich zu sein. Der Zynismus der Greise ist ebenso köstlich wie die Unbefangenheit der Kinder."

Eine Familienmutter sagte eines Tages zu mir:
„Vor meiner Ehe hatte ich über Kindererziehung sechs verschiedene Theorien. Heute habe ich sechs Kinder und keine Theorie mehr."
Da ich selber nur einen Sohn habe, könnte ich demnach bequem noch über fünf Theorien verfügen. Deshalb kann es im Verlauf dieses Kapitels passieren, daß ich einige bescheidene Vorschläge über die richtige Art, das Kleinvolk großzuziehen, anbiete, die nicht besser und nicht schlechter als die der andern sind.
Sicher habe ich Empfehlungen vorzuweisen. Zum Beispiel könnte ich mich mit meinen Erfahrungen als Betreuer einer Ferienkolonie brüsten oder wie jener Reklamefachmann behaupten:
„Wenn ich mich auf Kinder verstehe, dann kommt es daher, daß ich selber einmal ein Kind war."
Aber wozu Empfehlungen? Dies Buch ist mein Buch, und ich habe wohl das Recht zu erzählen, was mir paßt. Wem es nicht gefällt, der kann es ja dem ersten besten Trödler verkaufen.
Doch vergesse ich dabei nicht, daß hier die Kritik zwar leicht, die Aufzucht selber aber schwer genug ist.
Da ist, zum Beispiel, der Fall der Kinder, die nicht schlafen wollen. Kinderärzte und Fachleute unter den Journalisten haben immer eine Menge Ratschläge auf Lager.

In Wirklichkeit ist hier nicht viel anzufangen, es sei denn, man verfügt über eine geräumige Wohnung, transportiert das Baby ans andre Ende nebst einer tauben Großmutter zu seiner Überwachung. Denn, so sagte ein erfahrener Familienvater:

„Wer da den Ausdruck gebraucht ‚Schlafen wie die Kinder', der hat bestimmt nie welche gehabt."

Mein Jérôme war bestimmt einer der schlimmsten Schreihälse von Paris. Nun hatten wir damals eine recht kleine Wohnung und schon gar keine taube Großmutter. Als er größer wurde, brüllte er lieber tagsüber, so daß er am Abend hinlänglich müde war, um sich hinzulegen und zu schlafen.

Jetzt sucht er nach brauchbaren Vorwänden, um nicht ins Bett zu müssen. Ein Humorist sagte:

„Die Kinder verschieben nicht gerne auf den folgenden Tag, was sie daran hindert, am Abend schlafen zu gehen."

Die einen wollen nicht ins Bett, die andern wollen nicht essen. So ging es mit Jérôme, für den jede Mahlzeit zu einer Gelegenheit wurde zu beweisen, daß er schließlich doch der Stärkere sei. Denn die beste Waffe der Kinder ist und bleibt der Hungerstreik.

„Wenn er nicht essen will, dann lassen Sie ihn ruhig!" sagte der Kinderarzt. „Das nächstemal wird er schon zulangen."

Bei der nächsten Mahlzeit aß er aber auch nicht besser, und man griff zu dem üblichen Filmbetrieb: warnenden Geschichten, dem Herrn aus der Bodenkammer und so weiter.

Sicher hätte Jérôme jenen Buben namens Zézé gemocht,

von dem die Brüder Goncourt erzählen. Im Verlauf des Mittagessens warf er seinen Stuhl mit den Worten um: „Ich mag einfach nicht mehr kauen. Ich finde das todlangweilig."

Da war noch so ein Knirps, dem man zuredete, doch seine Suppe aufzuessen.

„Worauf wartest du denn noch, um deine Suppe aufzuessen?" sagte eine eingeladene Dame zu ihm.

„Ich warte darauf, daß sie verdunstet."

Ein anderer schrieb aus der Pension nach Hause:

„Hier ist alles einfach ganz toll. Auch die Küche ist prima, und zum Essen wird kein Mensch genötigt."

Am besten griff Jérôme zu, wenn seine Kusine Inès anwesend war. Vielleicht wollte er Eindruck auf sie machen. Vielleicht hatte sie einen Trick. Doch nehme ich

nicht an, daß es der gleiche war, den jener Junge anwandte, der seiner Mutter mitteilte:
„Heute, Mama, hab' ich's geschafft, daß mein Bruder all seine Spaghetti aufaß."
„Famos, mein Liebling! Wie hast du denn das fertiggebracht?"
„Ich hab' ihm gesagt, das seien richtige Würmer."
Kurz, die Kinder essen nur gerne, was ihnen „zusagt", was ihnen etwas zu sagen hat. Sie nehmen es den Eltern übel, nicht selber den Küchenzettel aufstellen zu können. Manchmal nehmen sie es ihnen sogar sehr übel. So sagte meine Schwägerin Josette als Kind zu ihrem Bruder Maurice:
„Wenn Mama erst tot ist, dann essen wir, was wir wollen."

Nicht alle Kinder gehören zur Sorte Jérômes. Es gibt auch gefräßige.
„Wenn du so viel futterst, wirst du noch platzen", sagte eine Mutter zu ihrem Sprößling.
„Schön, Mama, wenn du Angst hast, brauchst du nur abzurücken."
Manche treiben die Gefräßigkeit bis zu kaum noch vorstellbaren Grenzen, so die Kleine, die sich vor den Spiegel setzte, wenn sie Kuchen aß.
„So esse ich ihn zweimal", sagte sie.
Leckermäuler lassen zuweilen nebenher auch etwas mitgehen. Eine Mutter rügte ihren Jungen, der zu dieser Gattung gehörte:

„Im Küchenschrank lagen doch zwei Stück Kuchen. Erklär mir, warum nur noch eins drin liegt!"
„Na ja, Mama, das andre hab' ich halt nicht gesehen."
Und ein Vater fuhr seinen Sohn an:
„Zwei Birnen lagen in der Kompottschale. Wo ist die zweite?"
„Die zweite, das ist die, die noch drin liegt."
Die dramatischen Augenblicke für die Naschhaften kommen, wenn sie beim Nachtisch übergangen werden. So ging es jener Kleinen, der man strikt verboten hatte, um etwas zu bitten. Plötzlich kam sie auf eine Idee und sagte:
„Braucht niemand einen leeren Dessertteller?"
Eine andere hielt sich ebenfalls stramm an mütterliche Ermahnungen und lehnte den Kuchen gesittet ab.
„Dies Kind leidet offenbar an Appetitlosigkeit", sagte die Dame des Hauses.
„Nein, Madame", erwiderte das Mädchen. „An übertriebener Höflichkeit."
Aber so höflich sind beileibe nicht alle Kinder, wie ich in einem Notizbuch entdeckte, in das ich als Fünfzehnjähriger Aussprüche eintrug, die der Familienüberlieferung angehörten. Eines Tages bot mein Großvater seiner Nichte Nicole Bonbons an.
„Und was sagt man zu dem guten Onkel André?" fragte meine Mutter.
„Noch mal!"
Das erinnert mich an einen gewissen Alphonse, einen recht ergiebigen Lieferanten von Aussprüchen. Eines Tages ging er mit seiner Schwester und seinem Bruder spazieren. Dem Dienstmädchen, das sie als Betreuerin

zu begleiten hatte, gehorchten die drei offenbar kaum. Ein pensionierter Oberst, der des Weges kam, hielt es für seine Pflicht, hier einzugreifen und die Ordnung wiederherzustellen.

„Ja, was sind mir denn das für Kinder, die da ihrer Bonne nicht parieren wollen?“ fragte er, worauf Alphonse, der vor nichts Angst hatte, entgegnete:

„Ja, was ist denn das für ein alter Trottel, der sich da in Dinge einmischt, die ihn nichts angehen?“

Der Oberst trat den Rückzug an, aber am folgenden Tag wurden die drei dem alten Herrn vorgeführt, um sich gebührend zu entschuldigen. Gerührt von so viel Reue, wies dieser auf ein Erdbeerbeet mit den Worten:

„Eßt, soviel ihr wollt!“

Bald darauf deutete Alphonse auf die prächtigen Reineclauden im Garten des Alten und meinte:

„Wenn man den Oberst noch mal so dumm anquatschen würde, würde er einen vielleicht zum Pflaumenessen einladen.“

Noch nachhaltiger als Obst wirken Süßigkeiten. Ein gerissener Steppke sagte zu seiner Mutter:

„Mama, wie wär's, wenn wir Zoo spielten? Ich bin der Elefant, und du bist das Publikum, das den Elefanten mit Bonbons und Kuchen füttert.“

Die Bonbons spielen auch eine Rolle in dem furchtbaren Ausspruch des Kapitalistenjungen, der seine Mutter auffordert:

„Mama, kauf mir doch einen dicken Sack Bonbons! Dann lad' ich die Kinder vom Portier ein, damit sie zusehen, wie ich sie aufesse.“

Gefräßige Kinder verschaffen einem den Vorteil, daß

man ihnen den Nachtisch entziehen kann. Bei Jérôme hatten wir damit kein Glück. Er machte sich darüber nur lustig, anders als mein Bruder Bernard, dem man einen Milchzahn ausriß und der nun heulte.
„Na, na“, sagte meine Mutter. „Das ist doch kein Unglück. Der wächst schon wieder.“
„Aber nicht bis zum Abendessen!“
„Ich“, so sagte ein Familienvater, „ich schlage meine Kinder nie, höchstens, um mich zu verteidigen.“ Tatsächlich gibt es Augenblicke, in denen es einem schwerfällt, die lieben Kleinen nicht zu vermöbeln. Ich gestehe, daß mich Jérôme gelegentlich so aufbrachte, daß ich ihn einfach verdrosch. Jehanne übrigens auch. Eines Tages, als er eine mütterliche Backpfeife eingesteckt hatte, meinte er:
„Nicht wahr, Papa, einen netten, artigen Jungen wie mich zu verprügeln ist ungezogen.“
Immerhin hoffe ich, daß er keinen so unversöhnlichen

Dauergroll hegen wird wie Jean Galtier-Boissière, der in seinen „Erinnerungen eines Parisers" berichtet: „Ohrfeigen habe ich nie gutwillig hingenommen. So was schien mir zugleich gegen meine Würde und gegen die meiner Eltern zu gehen."

Auch Ludwig XIV. dachte so, der als Kind so schlimm war, daß seine Mutter ihn häufig durchprügelte.

Eines Tages, gelegentlich eines feierlichen Empfangs, einer „Kissensitzung", verbeugte sich die mütterliche Königin vor dem jungen König, den man, dem Brauch gemäß, auf den Thron gesetzt hatte.

„Ach, Madame", sagte das Kind, „ich danke Ihnen für Ihre Höflichkeit. Aber lieber wäre es mir, wenn ich keine Dresche mehr bekäme."

Manche Kinder sind wohl mit einer Züchtigung einverstanden. Es kommt aber auf die Methode an. Ein Knabe, der Ohrfeigen verabscheute, sagte zu seinem Vater mit der Miene gekränkter Würde:

„Papa, schließlich habe ich ja auch einen Po!"

Sicher müssen Körperstrafen auf ein Minimum eingeschränkt werden. Wenn aber verschärfte Strenge nötig wird, muß man es nicht so machen wie jene Dame, zu der man sagte:

„Ihre Kinder sehen immer so traurig aus!"

Und die dann entgegnete:

„Stimmt! Und trotzdem bekommen sie jeden Tag ihre Tracht, damit sie endlich dieses dämliche Gehabe ablegen."

Die Auswahl der Spielgefährten ist ein Problem, das den Eltern schwer zu schaffen macht. Eins ist sicher: Nichts ist schlimmer als ein Kind ohne Kameraden!
Gewiß gibt es da gerissene Strolche, „mauvais génies", aber man darf nicht glauben, daß der Sohn des reichen Herrn Durand-Dupont notwendigerweise ein empfehlenswerterer Gefährte sei als ein Bub bescheidener Herkunft, der schon deshalb unter die unsicheren Kantonisten eingereiht wird. Die Kerlchen in Samt und Seide sind oft viel schlimmer als die im schwarzen Kittel.
Von wenigen Ausnahmen abgesehen, ist es am besten, die Kinder ihre eigene Wahl treffen zu lassen.
„Spiel du nicht mit Henri", sagte die Mutter zu ihrem Liebling. „Der ist zu schlecht erzogen."
„Gut, Mama", lautete die Antwort. „Aber dann darf Henri doch mit mir spielen. Ich bin doch gut erzogen."
Der Einzige, den seine Eltern verzärteln, vor allem, wenn es reiche Eltern sind, muß sich an einem scheuern, der robuster ist als er. Ich war von dreien der Älteste, infolgedessen daran gewöhnt, erheblich anzugeben. Deshalb kann ich mir nur Glück wünschen, daß ich zwei ältere Kusinen hatte, die es übernahmen, mir über den Mund zu fahren und mir zu zeigen, wo Barthel den Most holt.
Glücklicherweise haben die Kinder keinerlei Achtung vor Gut und Geld und Titeln.
Zur Zeit Ludwigs XIV. zankte sich im Collège de Navarre ein Schüler mit dem jungen Marquis de la Trémouille.
„Weißt du auch", sagte dieser, „daß ich der Sohn eines Herzogs bin?"

„Schau“, entgegnete der andere und versetzte ihm einen kräftigen Fußtritt in den Hintern, „und wenn du auch selber ein Fürst wärst, einen besseren könnte ich dir auch dann nicht verpassen!“
Für eine ausgiebige Prügelei ist man da immer mal zu haben. Nur gut, wenn dabei nicht übertrieben wird.
Feydeau hatte einen recht kampflustigen Knirps zum Sohn. Als dieser sich eines Tages recht nett zu einem kleinen Mädchen benahm, sagte er zu ihm:
„Mit der wenigstens willst du nicht raufen!“
„Dazu kenne ich sie noch zuwenig“, sagte der Bub.

Ebensowenig, wie man den Kindern besondere Spielgefährten aufzwingen sollte, ist es angebracht, ihnen eine bestimmte Kleidung aufzunötigen. Schließlich haben sie das Recht, sich nach ihrem Geschmack anzuziehen. Natürlich haben sie in kinderreichen Familien die Kleider der älteren Geschwister und Vettern aufzutragen, was die jüngeren im allgemeinen recht gut begreifen. Einer, der sich seit seiner Geburt mit den Kleidungsstücken, Spielsachen und Büchern seines Bruders abzufinden hatte, stellte immerhin an seine Mutter die bedenkliche Frage:
„Wenn nun mein Bruder späterhin mal stirbt, muß ich dann seine Frau heiraten?“
Soweit es sich nicht um finanzielle Schwierigkeiten handelt, sollte man einem Jungen nicht eine lange Hose verweigern unter dem Vorwand, dazu sei er noch zu jung, oder einen roten Janker, weil er zu auffallend sei,

eine graue Hose, weil sie zu trist wirke. Wenn ein Junge gern wie der oder jener seiner Kameraden angezogen sein möchte, spricht dieser Umstand nur dafür, daß er sich seinem Milieu einfügt.

Ein anderes Problem: Wie bringt man den Kindern bei, sich zu waschen? Offen gestanden, ich selber tat das gar nicht gern. Ich gehörte zur gleichen Sorte wie der Schüler, der zu seinem Studienrat sagte:

„Seit Sie uns erzählt haben, Marat sei in seiner Badewanne ums Leben gekommen, wasche ich mich nicht mehr."

Ein anderer vertraute seiner Schwester an:

„Mama ist dahintergekommen, daß ich mich heute früh nicht gewaschen habe. Weißt du, ich hab' nämlich vergessen, im Badezimmer Wasser auszuschütten."

Trotzdem bin ich nie ausgerissen, weil ich zuviel gewaschen wurde, oder wie jener Steppke, den man aufgriff und der die Adresse seiner Mutter nicht angeben wollte.

„Warum denn nicht?" fragte man ihn. „Schlägt sie dich denn?"

„Nein, sie kämmt mich."

Als Jean Nohain unter dem Namen Jaboune die Seite für die Kinder im „Écho de Paris" redigierte, fragte er eines Tages seine jugendlichen Leser, welches Lebensalter denn das schönste sei. Die meisten meinten achtzehn, zwanzig oder fünfundzwanzig Jahre. Eine ganz Pfiffige schrieb:

„Monsieur Jaboune, das schönste Lebensalter hat man mit fünfundneunzig Jahren, weil man dann ganz gewiß weiß, daß man erst in hohem Alter sterben muß."

Zuweilen haben die Kleinen mehr Verstand als die Erwachsenen. Da antwortete doch so ein Knilch auf die Rundfrage der genannten Zeitschrift, wer heutzutage wohl der größte Mann sei:

„Monsieur Jaboune, wer heute der größte Mann sei, das ist recht schwer zu beantworten. Denn man weiß wohl, wie sie anfangen, wie es aber mit ihnen zu Ende geht, das weiß man nicht."

Deshalb sollten die Großen zuweilen die schlichten Ratschläge der Kinder nicht unterschätzen. So sagte der achtjährige Jean Paul zu einem Dienstmädchen, das kündigen wollte, weil sie in der Nationallotterie gewonnen hatte:

„Bleib doch bei uns! Mama braucht dich. Im übrigen macht das Geld nicht glücklich. Es steht so in meinem Lesebuch."

Jedenfalls wäre Abraham Lincoln nie zum Präsidenten der Vereinigten Staaten gewählt worden ohne den Ratschlag einer kleinen Elfjährigen, einer gewissen Grace Bedell. Er war noch Wahlkandidat, als sie ihm schrieb:

„Mit einem Bart würden Sie viel besser aussehen. Ihr Gesicht ist sonst zu mager. Und dann, wissen Sie, die

Damen mögen Männer mit Bart; sie werden ihre Männer bitten, für Sie zu stimmen, und dann werden Sie Präsident."

Lincoln richtete sich danach und tat gut daran. Als er ein Jahr darauf nach Westfield kam, dem Wohnort der kleinen Grace, beendete er seine Ansprache an die Bevölkerung mit den Worten:

„In dieser Stadt gibt es ein kleines Mädchen, dem ich gern einen Kuß geben möchte. Sie heißt Grace Bedell."

Unter stürmischem Beifall wurde Grace dem Präsidenten vorgeführt, der sie mitten auf die Stirn küßte ...

Das mag recht rührend sein, aber glücklicherweise kümmern sich die Kleinen im allgemeinen nicht um Politik.

Erfrischender finde ich da die Geschichte einer kleinen Französin, die zu einer Dame sagte:

„Madame, wären Sie vielleicht so gütig, für mich dieses Gitter zu öffnen?"

„Gerne, Kind. Schau gut zu, wie ich es mache, damit du es auch tun kannst! Hast du es begriffen? Kannst du es morgen selber aufmachen?"

„Ach ja, Madame. Bis dahin ist ja auch die Ölfarbe schon trocken."

Nicht minder vorsichtig war jenes Mädchen, das einen vorübergehenden Herrn bat:

„Pardon, Monsieur, möchten Sie nicht etwa diesen Hund streicheln?"

„Wenn du willst, gerne. Aber warum bittest du mich darum?"

„Um zu wissen, ob er beißt oder nicht."

Man rechne nicht auf mich, um dieser Kleinen Vorwürfe zu machen. Vor Hunden habe ich immer Angst gehabt, vor Katzen erst recht. Wenn ich's auch nicht selber bin, kann ich mir doch gut vorstellen, daß ich in der Haut jenes Buben stecke, der an der Gartenpforte läutet, aber zögert einzutreten, weil er einen riesigen Bernhardiner erblickt.

„Komm herein!" ruft ihm der Besitzer des Hundes zu. „Der Hund beißt nicht."

„Ja, ja, aber verschluckt er einen vielleicht?"

Man kann ja nie behutsam genug sein, wie jenes Kind, das sein Brüderchen spazierenführen sollte, sich aber vorher sorgsam erkundigte:

„Wenn nun mein Brüderchen überfahren wird oder gestohlen oder was weiß ich, was mach' ich dann? Soll ich dann erst meinen Spaziergang zu Ende machen und dich dann benachrichtigen, oder soll ich dich erst benachrichtigen und hinterher meinen Spaziergang fertigmachen?"

Praktisch sind die Kinder, und logisch sind sie auch auf ihre Art. Jean Nohain, der sich gut auf sie versteht, erzählt in seinen Erinnerungen, wie er eines Tages ein hustendes Mädchen ermahnte:

„Wenn man hustet, hält man sich die Hand vor."

„Hab' ich probiert, mein Herr! Ich hab' trotzdem gehustet!"

Derselbe Jean Nohain erzählt in seinen Memoiren:

„Mein Sohn Daniel hat viel ausstehen müssen und gebrüllt, als er seine ersten Zähne bekam.

‚Was hat er denn, der arme Kleine? Warum brüllt er denn so?' fragten die älteren Geschwister.

‚Weil er Zahnweh hat, meine Lieben.'

‚Kann er doch nicht. Er hat ja gar keine Zähne.'"

Ein Junge, der ganz große Buchstaben malte, als er an

seine Großmutter schrieb, meinte, als man ihn nach dem Grund fragte:
„Die ist doch ganz taub!"
Ein Mädelchen hatte zum erstenmal ein klassisches Ballett gesehen. Ihre Ansicht:
„Wenn man Größere dazu nähme, wär's besser. Dann brauchten sie nicht immerzu auf den Fußspitzen zu stehen."

Eine andere erklärte:
„Ich tanze besser als Mama. Die muß man ja immer halten."
Eine dritte, die ihr Wiegenfest feierte, sagte zu ihrer Mama:
„Morgen ist auch noch mein Geburtstag."

„Ja, wieso denn, mein Liebling?"
„Gestern war ich noch fünf Jahre alt, heute bin ich sechs Jahre alt, dann bin ich morgen sieben Jahre alt."

Die Erwachsenen vertun sich nur zu häufig, wenn sie über den Geschmack der Kinder urteilen – um nur von den Spielsachen zu reden. Jeder weiß, daß sie sich häufig viel besser mit alten Konservendosen und Kistendeckeln amüsieren als mit funkelnagelneuem Spielwerk. Zum Beweis die Geschichte jener Dame, die eines Tages ihrer Nichte vorschlug:
„Willst du, daß ich dir diese schöne Puppe kaufe?"
„Nein, Tante, kauf mir lieber eine ganz alte mit einer zerbrochenen Nase, von der schon die Farbe abgegangen ist!"
„Aber, Kind, du bist ja verrückt!"
„Nein, gar nicht. Ich möchte doch Schönheitssalon spielen."
Es betritt eine Kleine den Laden und bittet um eine Puppe.
„Da ist eine", sagt der Verkäufer, „die kann laufen, schreien, weinen und trinken."
„Ach, wissen Sie, mein Herr, ich hab' ein Schwesterchen, das kann das alles auch. Ich möchte ganz einfach eine Puppe."
Meine Mutter hat mir da eine erbauliche Begebenheit berichtet. Ein Bekannter hatte ein vierjähriges Töchterchen Noelle, genannt Nono. Es war zur Zeit der Weltausstellung. Stets wurde wiederholt:

„Wenn Nono brav ist, dann darf sie zur Ausstellung."
Eines Tages war es soweit, und man führte sie hin. Als man ankam, betrachtete Nono, sehr zur Enttäuschung ihres Vaters, nichts von den gebotenen Herrlichkeiten. Statt dessen stürzte sie sich auf einen Sandhaufen, und es war unmöglich, sie loszueisen.

Auch ein Übermaß an gutem Willen kann in der Wirkung ganz danebengeraten. So ging es einem Mädchen, das von der Herzogin von Nemours großgezogen wurde. Acht Jahre war sie alt, als sie zu ihrer Beschützerin sagte:

„Madame, für Ihre Güte bin ich Ihnen so dankbar, daß ich überall erzähle, ich sei Ihre Tochter. Nein, seien Sie mir nicht böse! Nie würde ich es wagen zu sagen, ich sei Ihr wirkliches Kind. Ich sage, ich sei Ihr Bastardkind."

Manche kindlichen Spiele können katastrophale Folgen haben. Jenes, zum Beispiel, das ein Junge erfunden hatte, der seine Mutter mit der Ankündigung überraschte:

„Fein! Heute hab' ich Briefträger gespielt. In alle Kästen habe ich Briefe gesteckt."

„Schön, mein Liebling! Was denn für Briefe?"

„All die aus deinem Schreibtisch, um die ein rotes Band gewickelt war."

Ähnlich betätigte sich auch jene Kleine, die man beauftragt hatte, Briefe auf die Post zu bringen, und die das Geld für die Marken für sich behalten hatte. Sie erklärte:

„Ich hab' mir schon durchgeholfen. Die Briefe hab' ich in den Kasten gesteckt, als grade niemand hinguckte."

Die Naivität der Kinder führt immerhin selten zu Katastrophen. Harmloser sind Episoden, in denen kleine Stadtbewohner das Landleben entdecken. Man muß sich dabei aber vorsehen. Allzu leicht legt man den Kleinen Worte in den Mund, die in Wirklichkeit von Jules Renard oder irgendeinem anderen Humoristen stammen. Gewiß kann ein Kind in aller Unschuld Dinge vorbringen, auf die irgendwo schon ein humoristischer Schriftsteller verfallen ist. Aber ich bin nicht sicher, ob tatsächlich irgendein Steppke je von Himbeeren sagte:
„Schau sie dir an, diese Kirschen. Die haben ja eine Gänsehaut."
Andererseits bin ich von der Überlegung jener Michèle überzeugt, die sich während des letzten Krieges zum erstenmal auf dem Lande befand. Ihre Mutter zeigte ihr im Stall die Kühe mit dem Hinweis, dies seien die Spenderinnen der guten, echten Milch.
„Und wo sind dann die anderen, die die entrahmte Milch liefern?" fragte sie.
Ein Jahrhundert alt ist eine ähnliche Anfrage, die im Anschluß an ein Stallerlebnis erfolgte:
„Und die Schwarze da drüben, die spendet wohl den Kaffee?"
Kinder, die das Land nicht kennenlernen, können die Tiere ja nur im Fernsehen erleben. Nebenbei bemerkt, hat man über das Fernsehen in seiner Wirkung auf die Kinder viel Schlimmes gesagt. Meiner Meinung nach schadet es den Augen weniger als zweideutige Schmöker, die heimlich bei Kerzenlicht gelesen werden. Und dann verhilft das Fernsehen den Kindern zu der Entdeckung, daß das Leben nicht nur in einem kleinen Fa-

milienuniversum besteht mit nachbarlichem Gezänk und den Problemen um Tante Angèles Erbschaft. Übrigens müssen die Eltern, um sich einzuschalten, aus sich herausgehen, was häufig sein Gutes hat.

Natürlich wirkt Überdosierung verhängnisvoll, vor allem, wenn es die Kleinen am Lesen hindert, am Zeichnen und am Spazierengehen. Umgekehrt wirkt das Fernsehen vorzüglich, wenn es zu gewissen Entdeckungen ermuntert. Da ist der Zoo, und nun hat man all das aufregende Viehzeug auf dem Bildschirm dicht vor Augen.

Man hört etwa die Bemerkung:

„Hier gibt man aber wirklich den Eidechsen zuviel zu fressen", wenn ein Krokodil gähnend den Rachen aufreißt.

Der Held der schönsten Zoogeschichte ist ein kleiner Patrick, der entzückt die Grimassen eines Schimpansen betrachtet und, als dieser aufhört, „den Affen zu spielen", höflich bittet:

„Wenn es beliebt, noch mal, mein Herr!"

Einem Mädchen hatten es die Schildkröten angetan. Sie bat ihren Vater:

„Kauf mir doch so eine Schildkröte! Aber keine, wie ich sie gestern gesehen habe! Eine mit Kopf!"

Das erinnert mich an die Beschreibung einer Schildkröte, die ein Junge lieferte:

„Ein Vieh mit Vierecken auf dem Rücken, das seinen Kopf ins Maul stecken kann."

Kinderaussprüche über Tiere gibt es ohne Ende, zum Beispiel jenen des sechsjährigen Joel:

„Ich weiß, warum die Fische stumm sind! Damit sie

beim Reden kein Wasser verschlucken, wenn sie das Maul auftun."

Der Anblick einer Schleie im Aquarium mitten zwischen Goldfischen veranlaßt die Bemerkung:

„Guck, ein Fisch, der gar nichts anhat!"

An eine Mutter wird die Frage gerichtet:

„Mutti, wenn ein Polizeihund eine Wurst stiehlt, darf er dann noch Beamter bleiben?"

In diesem Fall war immer noch leichter zu antworten als jener kleinen Österreicherin, die mit ihrer Mutter und ihrem Hund in Frankreich ankam und ihre Tante fragte:

„Glaubst du, daß mein Hund versteht, was die französischen Hunde zu ihm sagen?"

Erst recht ist das Firmament etwas Erstaunliches für die Kinder. Wie viele Fragen sind da zu stellen!

Ein Sechsjähriger kommt ganz erschüttert nach Hause und ruft:

„Weißt du, Mutti, heut hat uns der Lehrer erzählt, daß

es ganz schrecklich viele Sterne gibt und daß man sogar weiß und herausgefunden hat, wie sie heißen."
Wie man diese Sterne auffindet, darüber hat sich ein Schüler schriftlich geäußert:
„Man entdeckt jeden Tag neue Planeten, indem man die Wolken energisch durchleuchtet."
Die Sonne ist ja schon längst bekannt, aber das Morgenrot wirkt doch zuweilen überraschend:
„Was ist denn das?" fragt eine vierjährige Caroline.
„Das ist die Sonne, wenn sie aufgeht."
„Warum hat sie denn ein rosarotes Nachthemd an?"
Wenn man einem jugendlichen Amerikaner glaubt, dann ist der Tierkreis ein himmlischer Zoo, in den nach dem Tod „die Löwen, die Widder, die Jungfrauen und andere Tiere kommen".
Uramerikanisch ist auch die Frage, die beim erstmaligen Erlebnis eines Regenbogens gestellt wird:
„Papa, wofür wird denn da Reklame gemacht?"
Dazu paßt die Auffassung, die Sonne sei eine Kugel aus Plastik, die tagsüber angezündet wird und nachts ausgeht.
Die Kinder folgen sich, doch sie gleichen sich nicht. Ein Kleinknilch sagte zu seinen Eltern:
„Dir, Papa, wünsche ich so viele Tausendfrancsscheine, wie es Sterne gibt, und Mama ebenso viele Goldstücke, wie Regentropfen in einer Wolke sind."
Über so viel poetischen Sinn gerieten die Eltern außer sich. Doch die kalte Dusche blieb nicht aus. Denn er fuhr fort:
„Ich bin ja euer einziger Erbe."
Naivität, Naivität! Wie viele Aussprüche kommen in

deinem Namen zustande. Immer wieder gilt es, zu sichten und zu sondern.

An der portugiesischen Küste hörte man aus weiter Ferne eine Schiffssirene ertönen.

„Das arme Schiff hat im Nebel seinen Weg verloren", sagte der Vater.

„Aha, und nun ruft es nach seiner Mutti!"

Ein Fünfjähriger hatte Fieber. Der Arzt kam und horchte seine Brust mit dem Hörrohr ab. Der Junge sagte mit verständnisvoller Miene:

„Sie telefonieren wohl mit meinen Mikroben?"

Ein anderer hörte, wie seine Eltern stets von der überlegenen Qualität der Vorkriegswaren sprachen.

Als er eines Tages zum erstenmal Schnee erblickte, rief er aus:

„Nein, was für ein schöner Schnee! Ist das Vorkriegsschnee?"

Ein Sechsjähriger sagte zu seinem Vater:

„Morgen muß ich ganz früh aufstehen."

„Ja, warum denn?"

„Gestern hab' ich doch versucht, ein Vögelchen zu fangen. Ein Großer, der vorbeikam, hat zu mir gesagt: ‚Wenn du Vögel fangen willst, mußt du früh aufstehen!'"

Zuweilen handelt es sich auch um vorgebliche Naivität, und es ist oft schwer zu entscheiden, wo das Spiel anfängt und wo es aufhört.

Eine vierjährige Hélène war auf einen Sessel gestiegen, der nun ein Schiff vorstellen sollte.

„Hélène", sagte der Vater, „paß auf! Du fällst! Steig herunter!"

„Heruntersteigen?" rief sie mit tragischer Miene. „Du willst doch wohl nicht, daß ich ertrinke?"
Schier war es nötig, daß sich Papa in eine Schaluppe verwandelte, bevor sie sich darauf einließ, vom Sessel zu steigen.
Immerhin war diese Zumutung leichter zu verwirklichen als die einer anderen, die ein Loch in den Sand gebuddelt hatte und dieses Loch absolut mit nach Hause nehmen wollte.
Kinder wiederholen gern, was sie hören, und natürlich treffen sie dabei nicht immer ins Schwarze. Eine Sechsjährige kam mit dem Einfädeln nicht zurecht und sagte allen Ernstes:
„Ach ja, ich hab' halt auch die Augen nicht mehr, die ich als Zwanzigjährige hatte."
Ja, Bürschchen gibt es, denen kommt es nicht drauf an, den Erwachsenen Moral zu predigen.
„Opa", so sagte streng ein siebenjähriger Knirps, „du

weißt, daß es nicht recht ist, unaufhörlich zu rauchen. Der Lehrer hat gesagt, das sei ganz ungesund."
„Junge", erwiderte der Großvater etwas verlegen, „ich bin siebzig Jahre alt, und es hat mir bis jetzt nichts geschadet."
„Vielleicht", meinte der Kleine. „Aber wenn du nicht geraucht hättest, wärst du bestimmt jetzt schon achtzig Jahre alt."
Mit gleicher Zuversicht äußerte einer seiner Schwester gegenüber:
„Siehst du, diese Klaviertasten sind aus Elfenbein. Wenn das Klavier ganz alt und nichts mehr wert ist, dann macht man Stoßzähne für Elefanten draus."
Hier muß eine Geschichte aus dem Jahre 1945 erwähnt werden. An einem Sommertag sahen zwei Knaben amerikanische Soldaten, die im Jeep vorüberfuhren. Seltsamerweise waren die Scheinwerfer an.
„Die sind wohl betrunken", meinte der eine.
„Du bist wohl verrückt!" entgegnete der andere. „Weißt du denn nicht, daß es um diese Zeit in Amerika Nacht ist?"
Manche Probleme sind komplizierter. Da denke ich an das Mädchen, das zusah, wie ihr Bruder seine Brille auf den Nachttisch legte, bevor er zu Bett ging.
„Kannst du denn ohne Brille auch deine Träume richtig sehen?" fragte sie.
Ja, die Träume spielen im kindlichen Dasein eine wichtige Rolle. Eine Mutter wird gebeten:
„Mutti, in meinem Zimmer gibt es gar keine schönen Träume. Darf ich in deinem schlafen?"
Noch kommt ihnen einfach reinweg alles möglich vor.

Die kleine Stämmige kommt mir in den Sinn, die einen Grasbüschel ausriß, als ich eben vorüberkam.
„Bist du aber stark!" rief ich ihr anerkennend zu.
„Ja", nickte sie, ganz rot vor Eifer. „Und dann darf man nicht vergessen, daß auf der anderen Seite die ganze Welt am Ziehen ist."
Und ein Bub versicherte seinem Vater nach der Rückkehr aus dem Zirkus:
„Wenn ich mal groß bin, dann werde ich Zwerg."
Eine sechsjährige Marietta hatte Eltern, die ein Schloß, eine Fabrik und prächtige Autos besaßen. Eines Tages hörte ich, wie sie zu ihrer Schwester sagte:
„Unsereiner hat auch rein gar nichts. Mama und Papa haben alles genommen."
Ich weiß nicht mehr, wer mir die Geschichte von Philippe Terrenoire erzählt hat, der fünf Jahre alt ist und dessen Vater so eine Art Minister vorstellt. Als er seiner Schwester das Vesperbrot an den Strand hinabtragen sollte, kehrte er unverrichteterdinge mit der Entschuldigung zurück:
„Ich konnte den Po Thérèses unter den andern einfach nicht rausfinden."

Selbst Victor Hugo wäre nicht drauf gekommen!

Wie schon gesagt: Dummheiten gibt es, für die ein Mann von Geist Geld ausgeben würde. Das allein müßte die Knilche schon von jeglichem Komplex befreien, wenn ihnen nach der Lektüre der vorausgehenden Kapitel noch welche verbleiben. Oder sollten sie nicht doch hinterher, von der bedrängenden Empfindung eigener Unzulänglichkeit befallen, zu schwermütigen Pessimisten werden? Nein, sie dürfen sich vielmehr sagen: Der grobe Schnitzer in der Schularbeit, ja selbst der Durchfall im Examen und befremdliche Ergebnisse im Frage-und-Antwort-Spiel, das alles ist noch nicht aller Tage Abend. Große Männer gibt es, bedeutende, die im Abitur durchrasselten, und berühmte Schriftsteller, denen so manche Perle aus der Feder glitt. Demnach – kein Grund zum Komplex.

Möge dies als Trost dienen, aber auch als Mahnung, aus der unterhaltenden, doch fragwürdigen Brüderschaft der Knilche rechtzeitig auszutreten.

Sie dürfen ja auch nicht ins Gegenteil verfallen, die Knilche, in den Komplex der Überlegenheit. Wer weiß, einige rufen vielleicht schon mit stolzer Miene aus: „Selbst Victor Hugo wäre nicht drauf gekommen!"

Von da bis zur Herstellung falscher Perlen, nur des Spaßes halber, um sie mir zuzuschicken, ist es dann nicht mehr weit.

Gerade deshalb erfolgt noch eine bunte Auswahl authentischer Texte, um das Urteil über den Unterschied zwischen Kunstfasererzeugnissen und den Produkten naturgewachsener Dummpfiffigkeit und Faulheit zu schärfen.

Jedes Zitat ist mit einem Zusatztitel versehen.

Ohne das Dienstmädchen

Meine Familie besteht aus meinem Vater, meiner Mutter und mir. Ich bin der Jüngste.

Der gute Kleine

Man muß seine Eltern lieben und ihnen in ihren Bedürfnissen beistehen.

Schöne Zustände

Wenn Mama krank ist, dient Papa allen Leuten im Hause als Frau.

So also nicht!

Mein Vater hat viel getrunken. Er ist gestorben, und meine Mutter hat mir verboten, es genauso zu machen.

Ohne Zweifel ein Kenner!

Mein Vater hat eine sehr schöne Geige. Es ist eine Stradimarius.

Mütterchen

„Was wünschen Sie, Madame?"
Mama antwortet:
„Einen Jungenanzug."
Die Verkäuferin holt einen Anzug.
Mama betrachtet ihn und probiert Rock und Hose an.

Wer hätte das gedacht?

Das Licht geht aus. „Eine Panne in der Leitung!" sagt Papa.

Falle in der Dunkelheit

Plötzlich gibt's kein Licht mehr. Glücklicherweise geht es wieder an. Denn wenn man so im Dunklen geht, könnte man leicht fallen, ohne es zu merken.

Wie gütig!

Mama strickt für eine Säuglingsausstattung. Die kriegt dann das erste Waisenkind, das in der Weihnachtsnacht geboren wird.

Die fliegende Mutter

Ich hebe den Kopf. Da sehe ich eine Wespe. Mama ist

beim Einmachen. Sie setzt sich jetzt auf den Rand des Topfes.

Schmerzliches Los
Die künftigen Gatten werden vierzehn Tage lang an die Tür des Gemeindeamtes angenagelt.

Ein „Hoch!" der Braut!
Unter ihrem Schleier sah die Braut fast wie eine Jungfrau aus.

Musikalische Nachhilfe
Beim Nachtisch steigen die Sänger auf Tische und Bänke und singen Lieder, um die Jungvermählten zu ermutigen.

Opa, Achtung!
Wenn es Glatteis gibt, wagt mein Großvater nicht auszugehen. Er hat dann Angst, sich ein Bein zu brechen, einen Arm oder irgendein anderes Glied.

Selbstkritik
Meine Vorfahren waren Leute, die in der Klasse nicht den Dummkopf spielten.

Man beschäftigt sich, wie man kann
Meine Großmutter lebt ganz allein auf dem Lande.
Sie besitzt einen Hund und eine Henne.
Wenn sie auf den Schemel steigt, gluckst sie den ganzen Tag.

Selbstspiel
Ich spiele mit Ursula, Hippolyt und mir.

Das kann nicht gut ausgehen!
Wie Kampfhähne bäumen sie sich auf ihren Sporen auf und zeigen die Zähne.

Links, rechts!
Mit dem rechten Arm ist Ernst ein Linkser.

Im übrigen gibt es nicht nur die Familie und die Kameraden, sondern auch die fremden Leute, denen man mal hier, mal dort begegnet.

Hellhörig
Der alte Bauer war blind, verstand aber trotzdem recht gut Französisch.

Berufliche Verantwortung
Der Briefträger erfüllt jeden Morgen seine männliche Pflicht. Wenn er müde ist, reicht ihm die Hausfrau Kaffee.

Im Elend
Der Mann, ein Vagabund, war auf dem einen Fuß barfuß, an dem anderen hatte er keinen Schuh.

Vision
Das Kind hatte ein Loch in der Hose, was eine mittellose Familie erahnen ließ.

Überraschung
Plötzlich trat aus dem Hinterteil des Baumes ein Mann hervor.

Auch die Tiere und der Bildungswert zoologischer Erlebnisse seien nicht vergessen!

Erbarmen, mein lieber Herr!
Ein Fischlein wimmerte am Ende der Leine.

Ohne Zweifel Amerikaner!
Rechts ein Hühnerhof, woselbst ein sehr schöner Hahn seine Eier ausbrütet.

Kleiner Schlaumeier!
Goupils Höhle hatte zwei Eingänge, von denen im Falle der Gefahr der eine als Ausgang diente.

Ach je!
Sie ist tot, die arme Kuh! Nun geht sie nie mehr auf die Weide.

Bums!
Der Fliegende Fisch fiel mit einem dumpfen Plumpser auf das Deck.

Allgemeiner Auszug
Im Winter ist es sehr kalt. Viele alte Leute sterben, und auch viele Vögel brechen auf in ein wärmeres Klima.

Sogar über allgemeine weltanschauliche Anschauungen verfügen die Knilche. Schließlich ist das ihr gutes Recht.

Existenzialisten
Wären wir nicht vorhanden, könnte uns auch nichts passieren.

Der Haken
Das Ärgerliche beim Nachruhm ist, daß man erst nach dem Tod etwas davon hat.

Zwiesichtig
Ein Mittel, um seine Aufgaben gut zu lernen: nicht mit dem einen Auge ins Buch schauen und mit dem andern aus dem Fenster.

Die dritte Lösung
Nach dem Tod kann man sich eingraben lassen oder verbrennen. Wem das nicht gefällt, der kann sich unsterblich machen lassen.

Tiefsinnig
Die Klugheit ist für den Menschen das gleiche wie die Dummheit für die Tiere.

Reisen, so sagt man, wirken auf die Jugend bildend, freilich nicht immer auf das Stilgefühl. Beweis:

Nicht alle zugleich!

Inmitten der Leute, die da ein- und ausstiegen und ihre Taschentücher schwenkten, fuhr der Zug in seiner Anfangsgeschwindigkeit ab, und der Bahnsteig blieb reglos zurück.

Beträchtlicher Andrang

Es war so schönes Wetter, daß selbst die Polypen in rauhen Mengen an den Strand kamen.

Ollé, ollé!

Als erster betrat der Torero die Arena. Dann kam der Stier. Nachdem man sich gegenseitig vorgestellt hatte, begann der Kampf.

Der Skandal von Pompeji

Die Ruinen von Pompeji sind etwas Erstaunliches. Zu meiner Verwunderung habe ich erfahren, daß diese Grundstücke nicht für den Wiederaufbau bestimmt sind.

Indes hat auch Frankreich seine Reize. Wie so viele Poeten haben da auch die Knilche ihre Erlebniskraft erwiesen.

Altes Gewölbe

Die Kathedrale war wunderbar. Ihre Wölbungen waren alle vom Alter gekrümmt.

Das himmlische Auge
Alle wandten sich um unter dem Blick eines Mondes, der sich hinter den Wolken verbarg.

Optische Wirkung
Am Ufer des Stromes steckten die Fischer ihre Köder an die Leine, und im Wasser sah man grade das Gegenteil.

Auch tragische Ereignisse finden eine sachgemäße Darstellung:

Im Vorüberfahren
Der Chauffeur fuhr so schnell, daß er den Arm eines armen Mannes enthauptete. .

Warum auch nicht?
Nehmen wir an, der Leichnam sei tot!

Sozusagen
Der Ärmste lag in den letzten Zügen, gewissermaßen schon im Sarg.

Und zum Abschluß seien die Zukunftspläne nicht vergessen:

Zu dürftig
Ich möchte ja ganz gerne auf dem Lande leben. Aber abgesehen vom Sonnenaufgang und Sonnenuntergang gibt es da zuwenig Abwechslung.

Rund um die Welt
Schiffskapitän möchte ich werden: heute in New York, morgen in Saigon oder im Herzen Afrikas!

Man versagt sich nichts
Wenn ich mal reich bin, dann habe ich ein großes Haus mit vier Stockwerken, zwei oben und zwei unten, und dann bin ich die Freundin des Präfekten.

Und vor dem Abschluß des Kapitels noch die Geschichte von der Tochter eines meiner Vettern. Sie wurde von ihrem Studienrat bestraft und sollte fünfzig Worte schreiben über das Thema:
„Ich habe meinen Hund verloren."
Am folgenden Tage lieferte sie folgenden Text ab: „Ich fand meinen Hund nicht mehr. Da rief ich: Médor, Médor, Médor, Médor . . .!"
Und so fort, bis die verlangten fünfzig Worte da waren.
Das Verfahren erinnert an das eines Knilches, der einen Schiffsuntergang zu beschreiben hatte. Er begann ganz lyrisch:
„Der Himmel war tintenschwarz. Die Wogen brandeten donnernd gegen die Schiffsbrücke an."
Von dieser erheblichen Anstrengung erschöpft, schloß er mit dem zusammenfassenden Satz:
„Weiter gibt es nichts zu berichten. Denn lebend ist kein einziger entkommen."

Geheimnisvolle Umwelt

Je voudrais en savoir davantage,
je voudrais tout connaître en amour.

Noch mehr möcht' ich so gerne wissen,
rein alles, was zur Liebe zählt!

Schon Erwachsenen gegenüber ist es kaum möglich, dieses Begehren, welches hier ein französischer Schlager verkündet, restlos zu erfüllen und die vielen Fragen, die es umschließt, lückenlos zu beantworten. Wie soll man sich da dem Kind, dem Heranwachsenden, dem erotisch Erwachenden gegenüber verhalten?

„Mich hat man immer in einer Flasche großgezogen, und aus der Flasche gleite ich unmittelbar in die Ehe hinein."

So sagt eine der Romanheldinnen Dostojewskijs.

Leider werden nur zu viele Kinder in Flaschen großgezogen, und man hütet sich wohl, ihnen auch nur ein Minimum von dem mitzuteilen, was sie wissen müßten. Sicher sind auch auf diesem Gelände Fortschritte zu verzeichnen. Buch und Presse haben den Eltern erläutert, was sie ihren Sprößlingen beibringen sollen und daß es zwischen einem Herrn und einer Dame nicht genauso zugeht wie bei den Blumen und Bienen.

Begibt man sich mit dem Nachwuchs auf dieses Gebiet der Aufklärung, dann erlebt man freilich oft groteske Überraschungen. Nachdem sich ein Elfjähriger die väterlichen Erläuterungen angehört hatte, zog er eine Schnute und sagte:

„Da muß man also immer wieder von vorn anfangen, wenn man ein Kind haben will!"

Ab und zu gibt es da enttäuschende Offenbarungen. Philippe, der Sohn einer Bekannten, war acht Jahre alt, als ihm seine Mutter unter Verwendung des klassischen Bildes vom Samenkorn das Wissenswerte mitteilte. Immerhin nicht restlos. Denn einige Tage später kam er aus der Schule zurück und äußerte einen peinigenden Zweifel:

„Da hat doch einer aus der Klasse gesagt, er kennt ein Fräulein, die erwartet ein Kind. Nicht wahr, Mama, wenn man nicht verheiratet ist, dann ist das doch ganz unmöglich?"

„Doch, mein Liebling, das ist schon möglich."

„Wie, da liefere ich mein Samenkorn, und hinterher will man mich nicht mal heiraten?"

Philippe war schlechthin entsetzt. Man beruhige sich! Philippe ist heute glücklicher Familienvater. Man hat ihn geheiratet!

Eine vierjährige Frédérique bat eines Tages ihre Mutter, ihr doch ein Brüderchen zu schenken. Sie erhielt die Antwort, da müsse man erst die Ankunft des abwesenden Vaters abwarten und ihn fragen, ob er auch einverstanden sei.

Als der Vater eintraf, fiel sie ihm um den Hals mit den Worten:

„Papa, wann wirst du Mama wieder heiraten, damit es ein Brüderchen gibt?"

Als Jean, ein Kleiner aus Périgord, erfuhr, ein Schwesterchen sei angekommen, sagte er:

„Pst, Papa, sag bloß Mama nichts davon! Dann gibt's eine schöne Überraschung!"

Man kann den Kindern gegenüber nie ausführlich ge-

nug sein. Die Mutter einer fünfjährigen Martine erwartete ein freudiges Ereignis. Da sie nun um die Taille täglich zunahm, beschloß sie, dem Töchterchen mitzuteilen, die Familie werde sich demnächst vergrößern. Sie schloß folgendermaßen:
„Siehst du, das Kind steckt noch in meinem Herzen, und wenn es soweit ist, dann tut sich ein Türchen auf, und dann bekommst du ein Brüderchen oder ein Schwesterchen. Wirst schon sehen, wie niedlich es ist!"
Martine überlegte und stellte die Frage:
„Das Baby wohnt also in deinem Herzen?"
„Ja!"
„Dann", sagte sie und wies auf den mütterlichen Leibesumfang, „dann steckt da wohl auch schon der Kinderwagen mit drin?"
Eine Frage, die jener verwandt ist, die meine Nichte Indiana an ihre Mutter richtete:
„Hab' ich dir denn weh getan, als ich rauskam?"
„Nein, gar nicht."
„Und die Wiege mit ihren Rädern auch nicht?"
Manche Gören kommen ganz ohne Probleme aus. Sie machen es wie die Tauben, von denen Jules Renard behauptet, sie bestünden hartnäckig darauf, daß der Nachwuchs durch Schnäbeln hergestellt würde. So kommt es zum Beispiel zu einem Dialog, der nicht zwischen Taubenweibchen, sondern zwischen zwei kleinen Mädchen stattfindet, die erwachsene Familienmütter spielen:
„Im ersten Jahr hab' ich drei Kinder gehabt", sagte die eine.
„Und Sie haben sie auch selber gestillt?"
„Mein Gott, Madame, das erste hab' ich ja gestillt, aber

das hat mich so mitgenommen, daß mein Mann nicht wollte, daß ich so weitermache. Die anderen hat dann er gestillt."

Im allgemeinen sind es ja freilich die Mütter, die sich damit befassen. Eine war gerade damit beschäftigt, als eine interessiert zuguckende Dreijährige den Ratschlag erteilte:

„Feste schütteln mußt du, Madame, sonst bleibt ja der Zucker unten auf dem Grund."

Nicht immer sind die Geschwister über neuen Zuwachs erbaut. Aufschlußreich ist da folgendes Zwiegespräch:

„Gefällt dir denn dein neues Schwesterchen?"

„Ach nein, gar nicht! Die heult ja die ganze Zeit!"

„Warum gibt sie denn deine Mutter dem Kaufmann nicht wieder zurück?"

„Du bist ja verrückt! Der nimmt sie doch nicht mehr. Die ist ja schon eine ganze Woche im Gebrauch."

Denn man kann wohl naiv sein und trotzdem über die üblichen Handelsbräuche gut Bescheid wissen.

Manchmal möchten die Kleinen gerne wissen, wie sie denn bei ihrer Geburt aussahen.

„Ganz rot warst du“, sagte die Mutter zu ihrem Sohn.
„So, dann war ich eben verlegen.“
Einem anderen zeigte man Zwillingsbuben, die er sorgfältig überprüfte.
„Den da“, meinte er, „den sollte man behalten!“
Ein letztes Problem, das ebenfalls zur Quelle unbefangener Erwägungen wird, taucht in dem Augenblick auf, in dem so ein Junge zum erstenmal ein nacktes Mädelchen erblickt, gewisse Unterschiede feststellt und fragt:
„Mama, wenn man mir nun die Mandeln herausschneidet, sehe ich dann genauso aus?“
Eines Tages warf ich meinem Jérôme irgendeine Dummheit vor.
„Wenn ich schlimm bin“, sagte er, „dann bist nur du dran schuld. Statt eines schlechten Samenkorns hättest du Mama ja nur ein gutes einzupflanzen brauchen.“
Damals war er fünf Jahre alt. Was wird sein, wenn er erst zwölf ist, das Alter, in dem man seinem Jungen gewisse Dinge zu erläutern hat? Kaum werde ich angefangen haben:
„Lieber Kleiner, wir werden nun über sexuelle Probleme reden ...“ Und schon wird er fragen:
„Prima, Papa, was möchtest du denn wissen?“
Ich denke, man muß sich damit vertraut machen: Auf diesem Gelände sind die Kinder heutzutage viel aufgeweckter, als wir es im gleichen Alter waren.
Die Mutter, die ihrer Tochter am Tage vor der Hochzeit alles klarmachen will, „was sie wissen muß“, riskiert, daß man ihr antwortet:
„Ja, ja, Mama, jetzt komme ich dahinter, warum dich Papa so oft betrogen hat.“

Ergebnis: Die Sexualerziehung im Gymnasium ist ganz unnötig. Die Studienräte sind da doch immer ein bis zwei Jahre im Rückstand, wenn nicht gar fünf oder sechs. Übrigens wären die Elternversammlungen sowieso stets dagegen, daß wirklich nützliche Themen besprochen werden wie Kunst und Methode, keine Kinder zu bekommen. Auch haben darüber die Knilche zuweilen ihre kleine Sonderidee. Einer versicherte doch:
„Die Sozialversicherung schützt gegen Mutterschaft und sonstige Unfälle."

Nach den geschlechtlichen Mysterien ist eine der ersten Fragen, die sich den Kindern aufdrängen: „Werde auch ich eines Tages sterben? Auch meine Eltern?" Die Antwort „Ja!" fällt einem schwer. Häufig kommt sie ihnen entsetzlich vor. In der Tat ist es für die Kleinen furchtbar, in einer Welt, die nur für sie eingerichtet zu sein scheint, die Fragwürdigkeit ihrer Existenz zu entdecken. Falls die Eltern an einen gerechten Gott glauben und an ein Paradies, wird man mit dem Problem leichter fertig. Die Beschreibung der himmlischen Wonnen tröstet das Kind gar rasch, besonders wenn es erfährt, daß es da oben alle wiederfindet, die es da unten liebhatte. Andrerseits ist die Höllendrohung ein bequemes Mittel, die Kinder zu anständigem Verhalten anzuleiten. Zudem ist jener Gott, der alles hört und sieht, viel respektabler als die Polizisten, die nicht überall zugleich sein können. Freilich können ungläubige Eltern ihre Zuflucht zu dem „Herrn aus der Bodenkammer" oder zu irgendeinem Butzemann nehmen; aber das sind doch recht oberflächliche Mythen, und die Kleinen kommen bald dahinter.

Die katholische Religion besteht nicht nur in der Verheißung himmlischer Freuden und höllischer Qualen. Zuerst muß das Kind einmal beten lernen. Aber das Gebet, die Beziehung zu Gott, ist eine komplizierte Sache. So kommt es zu einer Menge reizvoller und naiver Überlegungen, wie zu folgendem Gebet eines Mädelchens:

„Lieber Gott, segne Mama, Papa und den Opa! Und dies ist ein Abschied, lieber Gott. Denn von morgen an wohnen meine Eltern mit mir in Bordeaux."

Ein kleiner Bub trug folgende Bitte vor:

„Mach doch, lieber Gott, daß Mama und Papa immer gesund sind und daß die Vitamine im Kuchen sind und nicht im Spinat!"

Befremdlicher ist, wenn ein Altersgenosse auch an den Teufel ein Gebet richtet mit der Begründung:

„Er ist doch so unglücklich. Kein Mensch interessiert sich für ihn!"

Jean Nohain erzählt in seinen Erinnerungen eine Geschichte, die ihm eine Dame mitteilte, deren Tochter nachts allein im Dunkeln immer entsetzliche Angst hatte.

Um diese Furcht loszuwerden, empfahl ihr die Mutter, allabendlich das Gebet aufzusagen: „Gegrüßt seist du, Maria!"

Eines Abends hörte sie die Kleine hinter der Tür angstbebend stottern:

„Gegrüßt seist du, Maria! Du bist voller Gnaden. Der

Herr ist mit dir. Der Herr ist mit dir ... Da hast du vielleicht Glück gehabt!"

Eine andere war nach ihrem Abendgebet drauf und dran, ihrer Schwester den Platz auf dem Betstuhl zu überlassen mit den Worten:

„Und nun, liebes Jesulein, wart noch einen Augenblick! Denn jetzt kommt meine Schwester dran!"

Manche freilich mögen gar nicht gerne beten, wie zum Beispiel jener Jüngling, der zu seinem Bruder sagte:

„Ich hab's jetzt satt, jeden Abend um mein täglich Brot zu beten. Ich bet' jetzt immer für die ganze Woche."

„Schön", sagte sein Bruder, „dann bekommst du eben für die ganze Woche altbackenes Brot, und das geschieht dir dann ganz recht."

Kommt nun in der Schule der Katechismus an die Reihe, ergeben sich neue Schwierigkeiten. Wenig ermutigend klingt da die Auskunft:

„Die Ehe ist ein Sakrament, welches gesetzmäßig in gleicher Weise Mann und Frau bestraft."

Der Pfarrer wird gefragt: „Kommen die Löwen in den Himmel?"

„Gewiß nicht, mein Kind."

„Und die Missionare?"

„Ganz bestimmt."

„Und die Löwen, die Missionare aufgefressen haben?"

Auch die Frage „Wer ist unser Nächster?" ist nicht so einfach zu beantworten.

„Unser Nächster, das ist das Baby", meinte ein Mädchen. „Meine Mutter hat gesagt: ‚Jetzt erwarte ich mein nächstes.'"

Ein Familienvater erläutert seinem Sohn:

„Wir sind auf der Welt, um unserem Nächsten zu helfen."
Einen Augenblick dachte der Junge nach. Dann fragte er:
„Und unser Nächster? Wozu ist dann der da?"
Ob katholisch oder protestantisch, die Religion bringt den Kindern bei, daß vor Gott die Menschen alle gleich seien. Dies erklärte eines Tages die Gouvernante der künftigen Königin von England, Elisabeth.
„Auch meine Großmutter Mary?" fragte Elisabeth.
„Ganz gewiß!"
„Hm, ich fürchte, das wird ihr aber gar nicht recht sein."

Alle auf die Knie!

Der Maler Marc Chagall erzählt, eines Tages habe er beim Besuch einer Ausstellung von Kinderzeichnungen ein geflügeltes Pferd erblickt (einen Pegasus, wenn man so will). „Es war einfach phantastisch", sagte er. „Ich fiel auf die Knie, denn fünfzig Jahre schon versuche ich, so was zu machen."

Aber der kindliche Genius beschränkt sich nicht auf die Malerei. Man muß den Kleinen nur zuhören, um zu entdecken, wer unsere wirklichen Meister sind. Mehr als einmal müßten da die heutigen Surrealisten auf die Knie fallen. Als Beweis mögen folgende Auskünfte dienen:

Auf die Frage „Was ist ein Berg?" lautete die Antwort: „Ein Berg, das ist die Erde, wenn sie einen Buckel macht."

Beim Anblick von Taxusbäumen auf einem Friedhof: „Guck, Papa, wenn so was kleiner wäre, das wär' doch praktisch zum Flaschenspülen!"

Beim Anhören des Rauschens in einer Muschel: „Mama, ist es das Meer, das mir da telefoniert?"

Beim bewußten Erlebnis des Horizontes: „Das ist die Stelle, wo der Himmel auf die Erde fällt."

Nach den Ferien: „Das Meer, das Meer, das ist Wasser, ganz viel Wasser. Und außerdem: Man sieht ja nur, was ganz oben ist."

Wenn es sich um den Fernsprecher handelt: „Ich hab' schon begriffen, wie das beim Telefon zugeht! Es ist wie bei der Katze. Auf der einen Seite zieht man am Schwanz, und auf der andern macht es: Miau!"

Und was leisten sich die um sechzehn rum an Stilblüten!

Ultrablaß

Ihr Gesicht war so blaß wie ein hartgekochtes Ei.

Seltsame Methoden

Der Arzt nimmt seine Handtasche, macht sie auf, fühlt den Puls, steckt ihn in die Ohren und hört das Herz meines Bruders ab. Dann packt er es weg und sagt: Er hat die Grippe.

Nur nicht übertreiben!

Man muß sich nicht sozialistischer anstellen als der König.

Die Raffgierigen

Die Frauen drängen sich um die Fischhändler, um die schönsten und frischesten zu ergattern.

Ausdrucksstarker Blick
Mein Kamerad warf mir durch seine Blicke derbe Beschimpfungen zu.

Wechselnde Dekoration
Ihre Zähne sind ja vorne recht schön, aber hintenrum sind sie hinfällig.

Der Musikbegeisterte
(gelegentlich eines Mozartkonzerts)
Beim Anhören dieses Werkes habe ich viel Freude, Glück und Geduld empfunden.

Der Lastwagen und das Schilfrohr
Der Lastwagen verlor das Gleichgewicht, geriet ins Schleudern und stürzte in die Seine, als ihn ein Schilfrohr aufhielt.

Man muß klein anfangen
Mein kleiner Bruder ist jetzt drei Monate alt. Laufen kann er noch nicht, aber Füße hat er schon.

Nichts zu machen!
Die Weinberge des Herrn sind undurchdringlich.

Schnabeltüchtig
Das Huhn versetzt ihm einen Schnabelhieb. Der Hund versucht, ihn zu erwidern.

Alles ist vergänglich
Unser Radio hat eine Panne. Die Wellen sind verbraucht.

Kein Wunder!
Mein Vater ist in einer Beerdigungskasse, denn nur ganz wenige Leute sind imstande, sich selber zu bestatten.

Symphonie
Gerüche von allen Farben waren zu spüren.

Gutherzig
Wenn wir einen Verwandten haben, der gestorben ist, dann tun wir unser möglichstes, ihm zu helfen.

Nichts zu machen
Das tut nicht mehr Wirkung als eine Schlagader auf einem Holzbein.

At home
Nachdem sie sich gründlich ausgesprochen hatten, zogen sich der Wolf und die Schnecke wieder in ihr Schalengehäuse zurück.

Der gezahnte Hahn
Nach diesem erzwungenen Bad kehrte der Hahn verlegen und zähneklappernd wieder in den Geflügelhof zurück.

Guter Rat
Wenn man eine Leiter nimmt, soll man sich vergewissern, ob auch nicht noch ein Arbeiter obendrauf ist.

Rosenrotes Dasein
Lächelnden Mundes zogen die Ochsen ihren Pflug.

In eiliger Sachlichkeit
Die Autos sausten vorbei, ohne auch nur den Kopf zu wenden.

Helldunkel
Mühselig wanderte der Mann die Straße entlang, die nur von nächtlichen Schatten erhellt war.

Lebemänner
Alle alten Seeleute des Dorfes haben stets nur einen Wunsch gehabt: den, in ihrer Heimat zu sterben, und das ist eine der großen Freuden ihres Lebens.

Gastlichkeit
Alles ist bereit. Die eingeladenen Gäste kommen an, und Papa stürzt sich auf die Damen, um sie zu entkleiden.

Auf den Fußspitzen
Ein Laut, das ist, wenn das Schweigen erwacht und wenn es beim Aufstehen ein Geräusch erzeugt.

Löblicher Entschluß
Liebe Eltern! Ich bin entschlossen, in diesem Jahr fleißig zu arbeiten, und ich höre bereits Euer ironisches Lächeln.

Ankündigung
Das Folgende bitte ich mit aufmerksamem Ohr zu lesen.

Im Schoß der Familie
Ich lebe zusammen mit meiner Mutter und mit meinem verstorbenen Vater.

Vielversprechender Wunsch
Lieber Weihnachtsmann! Ich verspreche Dir, brav zu sein und meine Kameraden nicht mehr zu verprügeln. Möchtest Du mir nicht, um mich zu ermutigen, ein Paar Boxhandschuhe mitbringen?

Tollkühn
Ich schreibe Dir, in der einen Hand einen Säbel, in der anderen eine Pistole.

Was für einen Beruf wirst du später ergreifen? Diese Frage wird ja oft von den Lehrern gestellt, und selbstverständlich erhalten sie die verschiedensten Antworten.

Diejenige eines Mittelschülers aus Fontenay-aux-Roses lautete:

„Wenn ich erst dreiundzwanzig Jahre alt bin und wenn

ich meinen Militärdienst und mein Abitur hinter mir habe, dann wähle ich als Beruf den eines Schutzmanns. Ich wähle ihn zuerst mal, weil ich ihn mag, und auch, weil ich gerne die Banken überwache und die Einbrecher festnehme, und so könnte ich mehreren Personen einen Gefallen tun. Mein Tageslauf geht dann in aller Frühe an. Ich nehme meinen Wagen und parke vor der Gendarmerie. Dann gehe ich ins Büro und hole mir meine Dienstanweisung für den Tag. Sodann gehe ich zu Fuß los und überwache die Juweliere. Zuweilen sehe ich mich schon, wie ich bei Kundgebungen mit dem Gummiknüppel auf die Menge losdresche."

Von Zeit zu Zeit begegnen einem noch seltsamere Texte, zum Beispiel folgender:

„Ein Wagen fährt mit beträchtlicher Schnelligkeit dahin. Plötzlich bemerkt der Fahrer, daß die Bremse versagt. Sein Sohn sagt im Spaß: ‚Wir durchbrechen die Schranke! Hinterher machen wir Picknick.' Dem Vater war dies Ernst. So machten sie es auch. Niemand kam dahinter."

„Der Angriff auf das Haus des Fährmanns" lautete eine Aufgabe. Folgendes kam dabei heraus:

„Das Haus des Fährmanns mußte eingenommen werden. Zweiundzwanzig Mann waren drin. Bums, ein Mann fällt. Macht nichts, es bleiben immer noch einundzwanzig übrig. Das Haus des Fährmanns mußte erobert werden. Bums, ein Mann fällt. Macht nichts, es bleiben immer noch zwanzig ..."

So fielen sie denn Mann für Mann, einer nach dem anderen.

Der Aufsatz endete folgendermaßen:

„Kein einziger blieb mehr übrig, aber das Haus des Fährmanns wurde trotzdem erobert."

Ein namhafter Schriftsteller berichtet, wie er als Junge nichts lieber tat als französische Aufsätze schreiben, wenn er dabei nach eigener Manier verfahren durfte:

„Mit irgendeinem Satz fing ich an, häkelte endlos daran weiter, verlor das Thema aus dem Auge, entdeckte aber eine ganze Welt dabei. Seite um Seite schmierte ich voll, gespickt mit orthographischen Fehlern und ungereimtem Zeug. Vom Hundertsten ins Tausendste kam ich dabei. Zum Beispiel sollte ich ein Radrennen schildern.

Erst beschrieb ich die Straße, die sich zwischen Wiesen dahinschlängelt, auf denen ein Junge die Kühe hütet. Dann wirft der Bub einen Stein nach dem Vogel, um ihn zu verjagen, und der Stein bleibt auf der Straße liegen.

Da taucht die Spitzengruppe der Radfahrer auf. Der erste stürzt über den Kieselstein, knallt hin, und alle andern verheddern sich in seinen Sturz. Die Kühe sind über diesen buntfarbigen Menschenhaufen entsetzt, und der Junge schreit los.

Vom Bauernhof hört ihn sein Onkel. Er repariert gerade ein Rad, aber ganz gleich, man muß wissen, was dieses Geschrei bedeutet. Vielleicht ist es ein Viehdieb, vielleicht ein Wolf, vielleicht gar ein Bär. Der Onkel packt eine Heugabel und kommt damit angelaufen. Vom Fenster aus sieht ihn seine Frau und fragt sich, was er denn hat, weil er wie ein Hase dahinsaust usw.

In der Absicht, auch jede Einzelheit dieses Vorfalls zu beschreiben, vergaß ich gänzlich mein Radrennen, das

sich wegen des verdammten Kieselsteins verknäuelt hatte, und pfuschte schließlich eine Endlösung zusammen, die einigermaßen spaßhaft sein sollte. Mit Schrammen und Verletzungen kamen nun alle an, baten im Bauernhof um Milch, und wie todmüde Erntearbeiter schliefen sie dann auf der Strohschütte ein."
Auch die brieflichen Äußerungen der Knilche seien nicht übergangen.
Folgender Wunsch wurde zum Muttertag schriftlich geäußert:
„Liebes Muttilein! Ich wünsche Dir, daß Du den Rest Deines Lebens erleben kannst!"
Ein Zehnjähriger hatte vernommen, wie sein Großvater die Segnungen eines Staatsstreiches pries.
„Warum machst du dann nicht selber einen?" hatte er ihn gefragt.
Der Großvater hatte ihm daraufhin auseinandergesetzt, um einen Staatsstreich durchführen zu können, müsse man mindestens General sein.
Da kam dem Jungen eine vielversprechende Idee, und er schrieb einem Kumpel namens Bringel folgenden Brief:
„Lieber Bringel! Da ja Dein Großvater General ist und da mein Großvater gesagt hat, ein General müsse es sein, um einen Staatsstreich zu machen, hör nun gut zu! Mach ihn aufmerksam, sag ihm aber, er solle sich beeilen; denn, wohlverstanden, mein Großvater hat mir erklärt, wenn es einen Staatsstreich gibt, dann werden die Studienräte ausgewechselt, und dann gibt es keine Schule mehr. Jetzt in den Ferien, vier Tage vor Schulbeginn, würde das grade hinhauen! Ich rechne also auf

Dich, verstehst Du, daß Du Deinen Großvater, den General, dazu bringst, den Staatsstreich sofort vorzunehmen, auf jeden Fall vor dem Schulanfang, also vor Montag. Wie Du siehst: Es eilt! Dringlich und vertraulich

Dein alter Jaboune"

Kleiner Knilch wird großer Knilch

Auch die Knilche, die männlichen wie die weiblichen, reifen im Laufe der Zeit zu Erwachsenen heran. Nicht immer „reifen" sie. Manchmal wachsen sie nur und bleiben Knilche, bleiben ergiebige Perlenlieferanten, selbst wenn sie selber schon längst zu Eltern neuer Knilche geworden sind.
„Hast du dir in dieser Woche wieder ein paar Kindersprüche geleistet?" fragte unlängst mein Bruder seine Tochter Brigitte.
„Und du, hast du dir ein paar Papa-Aussprüche geleistet?" antwortete sie. Recht hat sie. Es ist nicht möglich, ein Buch über die Perlen aus Kindermund zu schreiben, ohne die Elternaussprüche und auch die der kinderlosen Großen zu würdigen. Da fragte doch ein Bub:
„Mama, darf ich mir die Sonnenfinsternis ansehen?"
„Gewiß", lautete die Antwort. „Aber geh mir nicht zu nah ran!"
Ein anderer zeigte zu Beginn dieses Jahrhunderts im Museum seiner Mutter die Venus von Milo und die Nike von Samothrake mit der Frage:
„Sag mal, Mama, wer hat denn diese Figuren kaputtgemacht?"
„Das waren die Preußen. Vergiß es nie, mein Kind!"
Kürzlich verkündete ein reizendes junges Mädchen dem Urheber ihrer Tage:
„Ich bin doch neulich einem Filmproduzenten begegnet, der findet, ich sei besser als Brigitte Bardot. Wenn ich Lust habe, will er mich lancieren."
„Wenn du zum Film gehst, bringe ich dich um!"
„Aber, Papa, doch nur mit einem Pseudonym!"
„Dann bring' ich euch alle beide um!"

Auch von vergeßlichen, geistesabwesenden Eltern gibt es kuriose Geschichten. Die bekannteste ist die von Einstein, der eines Tages in der U-Bahn seine Brille verloren hatte. Ein kleines Mädchen fand sie, hob sie auf und reichte sie ihm. Einstein bedankte sich freundlich und fragte:

„Wie heißt du denn, meine Kleine?"

„Klara Einstein, Papa."

Ist diese Geschichte wahr, dann hätte Klara Einstein beinahe sagen können wie Alexandre Dumas von seinem Vater:

„Mein Vater ist ein großes Kind, das ich bei meiner Geburt bekam."

Dies Wort paßt auf recht viele Eltern. Glücklicherweise zeigen sich die meisten Kinder nachsichtig. Tun sie es nicht, ist zu hoffen, daß sie ihnen späterhin das verzeihen, was sie ihnen heute vorwerfen. Dabei dürfen sie nicht vergessen, daß auch sie dereinst zu Eltern werden können, die dann nicht unbedingt besser sind. Man denke nur an die bösartige Kinderbemerkung:

„Man stelle sich vor, daß wir eines Tages genauso dumm sein werden wie sie!"

Den Aussprüchen der Eltern folgen die der Großeltern. In meinem alten schwarzen Notizbüchlein finde ich folgenden Eintrag:

„Eines Tages sahen sich meine Tante Martha und meine Großmutter nach einem Taxi um.

Meine Tante rief:

‚Erbarmen! Ein Taxi für meine Mutter! Sie ist achtzig Jahre alt.'
Erbittert brummte meine Großmutter: ‚Brauchst auch nicht grade jedem mein Alter mitzuteilen!'"
Und weil wir nun schon einmal bei den Großmüttern und beim Taxi angelangt sind: Kommt doch eine alte Dame zum erstenmal nach Paris, und zum erstenmal nimmt sie ein Taxi. Der Blinker ist zerbrochen, und der

Chauffeur muß von Zeit zu Zeit den Arm hinaushalten, um bei den Kurven die Fahrtrichtung anzuzeigen. Es dauert nicht lange, bis sich die alte Dame ihm zuwendet und sagt:
„Hören Sie, mein Lieber, kümmern Sie sich lieber um Ihr Lenkrad! Wenn es regnet, dann sag' ich's Ihnen schon."
Eine Marquise war 102 Jahre alt geworden. Zum Geburtstag hatte man ihr ein paar Bettbezüge geschenkt, die sie im obersten Fach ihres Schrankes unterbrachte mit den Worten:

„Ich habe ja noch andere. Die hier hebe ich mir für später auf."

Indes, es gibt nicht nur Großmütter, es gibt ja auch Großväter. Mein Großvater Mellerio war sehr, sehr gesprächig. Als Sammler und Kunstkritiker wurde er, um seinen Ausdruck zu gebrauchen, eines Tages von der Tarantel der Vorgeschichte gestochen. In seiner Urlaubszeit sammelte er in der Dordogne prähistorisches Steinzeug und begeisterte sich für unsere Urahnen.

Die Bauern betrachteten ihn mißtrauisch, und er beruhigte sie oder glaubte wenigstens, sie zu beruhigen, indem er erklärte:

„Ich suche ja nur, was andere verloren haben."

Mehr aber noch, als Schaber und Pfeilspitzen zu sammeln, freute es ihn, von seinen Forschungswanderungen zu reden. Als er eines Tages von so einem Ausflug querfeldein zurückkam, sagte er zu uns:

„Da kam ich doch über La Latière und habe unterwegs einen richtigen Freund gewonnen, einen alten Mann mit gesundem Menschenverstand, einen recht interessanten Unterhalter."

Als er uns seinen Partner eingehender beschrieb, platzten wir heraus:

„Großvater, das ist ja der alte Bretone von La Latière! Der kann doch kein einziges Wort Französisch."

Mein Panorama quer über die Altersstufen hinweg wäre nicht vollständig ohne einen Hinweis auf die „Starlets", die aufgehenden Filmsternchen, Mannequins, Ansagerinnen usw. So ein vielversprechendes Dämchen trat in den Laden eines Antiquitätenhändlers, um eine Vase zu kaufen, die sie im Schaufenster gesehen hatte. Die

Vase war nicht billig. Mademoiselle fragte nach der Ursache.
„Mein Fräulein", sagte der Inhaber, „man muß bedenken, daß diese Vase dreitausend Jahre alt ist."
Wütend rief die Schöne aus:
„Da sieht man's, was ihr für Lügenbolde seid, ihr Antiquare! Eine dreitausend Jahre alte Vase! Daß ich nicht lache! Und dabei schreiben wir erst das Jahr 1965!"
Nicht einmal die Rolle einer Intellektuellen schüchtert solche Herzchen ein. Da war doch eine, die versicherte allen Ernstes:
„Der liebste russische Romanschriftsteller ist mir Tolstojewskij."

Manche Perle der Erwachsenen, selbst derer mit schlichtem Gemüt, weist einen Stich ins Philosophische auf. Da denke ich an jene brave Bäuerin, die ihrer Nachbarin eines Tages berichtete:
„Sie kennen doch meine prachtvolle Muttersau! Die schönste im ganzen Landkreis! Was soll ich Ihnen sagen? Als ich heute den Stall betrete, da liegt sie da, mausetot!"
Worauf die Nachbarin mit nachdenklichem Ernst entgegnete: „Da sieht man's, wie es einem gehen kann. Ja, was ist schon das ganze Leben!"
Zuversichtlicher klingt die Behauptung jener wackeren Dame, die versicherte:
„Meine Tochter beherrscht mehrere Sprachen. Eine wahre Troglodytin ist sie."

Ein kleiner Steppke aus Bordeaux, Patrick hieß er, verhedderte sich eines Tages in seiner Rechenaufgabe. Schließlich rief er ganz empört aus:
„Dieser Blödian von einem Karl dem Großen, der die Schulen erfunden hat!"
Der Ausspruch ist verbürgt, und schließlich hat der Junge nur das auf eine kurze Formel gebracht, was sich Alexandre Dumas der Jüngere und Madame de Grignan im vorigen Jahrhundert mitzuteilen hatten.
„Wie kommt es", so fragte Dumas, „daß die kleinen Kinder so klug und die meisten Menschen so dumm sind? Es muß an der Erziehung liegen."
„Ich habe bemerkt", äußerte ihrerseits Madame de Grignan, „daß alle Kinder bis zum Alter von zwölf Jahren gründliche Kenner des menschlichen Herzens sind. Dann, nachdem sie erst alles geahnt und verstanden haben, so zwischen zwölf und zwanzig Jahren, ich weiß nicht, was dann über sie kommt. Plötzlich werden sie alle blöd. Eine wahre Epidemie! Nur die Faulpelze kommen mit heiler Haut davon!"

Zu meinen Bekannten zähle ich einen alten Rechtsanwalt, einen hochgebildeten Mann, der da sagte: „Zum guten Glück hat die Vorsehung in ihrer erhabenen Güte den Kindern die Faulheit verliehen, um sie gegen die Großen zu schützen."
In kürzerer Fassung sagt Tristan Bernard:
„Pascal bekämpfte als Kind die Kopfschmerzen durch die Geometrie. Ich bekämpfte die Geometrie durch die Kopfschmerzen."
Indes muß man sich vor den Arrivierten hüten, die da behaupten, dereinst seien sie Knilche gewesen, weil sie das drollig und interessant finden. Von ihnen abgesehen, gibt es noch genug echte Knilche, die es zu etwas gebracht haben, um behaupten zu können, ein Sohn, der in der Schule keine Leuchte sei, bedeute deshalb noch keine Katastrophe.
Einstein, der Vater der Relativitätstheorie, wurde von seinen Lehrern als unterdurchschnittlich beurteilt. Von dem schon erwähnten Erzknilch Sacha Guitry weiß man, daß er genau zwölf Schulen auszuprobieren hatte. Er beglückwünschte sich dazu in der gereimten Ansprache, die er bei der Fünfzigjahrfeier des Gymnasiums Jeànson de Sailly hielt:

Wenn du dereinst nur eine Penne hast
befriedigend als braver Gymnasiast
und ohne Untat wacker durchgestanden,
wirst einmal jährlich du zu deinem Schaden
nach altem Brauch zum Festmahl eingeladen
von deiner Schule. Mehr ist nicht vorhanden.
Ich, den man dutzendweis verjagt hat,

ein Schrecknis, über das man nur geklagt hat,
genieße demnach, und das find' ich nett,
zwölfmal pro Jahr ein hübsches Schulbankett.

Im übrigen hatte nicht jeder Schulbesuch des Genannten mit einem Rauswurf geendet. Einer seiner Direktoren hatte eines Tages dem Vater Lucien Guitry mitgeteilt:
„Mein Herr, ich habe beschlossen, Ihren Herrn Sohn zu entlassen. Aber leider ist es nicht möglich."
„Warum?" erhielt er zur Antwort. „Wenn Sie ihn nicht behalten wollen, setzen Sie ihn doch an die Luft!"
„Ich kann doch nicht. Seit fünf Tagen fehlt er ja."
Im übrigen kommt es vor, daß ein Studienrat genauso seine Perlen produziert wie ein schlichter Knilch. Beispiele:

„Die verfassunggebende Versammlung setzte sich aus drei Hälften zusammen, von denen die eine, die dritte, der Summe der beiden anderen gleichkam."

„Dies war der Funke, der den Topf zum Überlaufen brachte."

„Wenn ich es noch nicht gesagt habe, dann wiederhole ich es jetzt."

Auch die Ankündigung jenes Professors verdient Erwähnung, der mit seinem Thema noch nicht fertig war, als es zur Pause läutete, und der seine Schüler am Hinausstürmen mit den Worten hinderte:
„Diesmal bin ich die Glocke!"

Als Motiv des Nachsitzens findet sich die Bemerkung:
„Benützt den Umstand, daß ich den Rücken wende, dazu, mir ins Gesicht zu lachen."
Doch ist der Humor der Professoren keineswegs immer unfreiwillig. So sagte ein recht gewitzter Kollege zu einem Schüler:
„Warum wechseln Sie denn den Platz? Der Weise ist überall zu Hause."
Ein Schulinspektor besuchte eine Dorfschule, deren Zöglinge ganz besonders rückständig waren. Ganz erschöpft fragte er schließlich einen:
„Wieviel ist denn zwei und zwei?"
„Fünf."
„Sehen Sie", sagte der Lehrer mit einem ermunternden Blick, „soviel fehlt ja gar nicht!"
Man kann gewiß zu den Großen in dieser Welt zählen

und dabei doch recht geistesschlichte Kinder sein eigen nennen. Von dem Sohn des berühmten Naturforschers Buffon hieß es:
„Dies ist das armseligste Kapitel der ‚Naturgeschichte' seines Vaters."
Vielleicht stand er auf dem Niveau jenes besonders schlecht beschlagenen Kandidaten, von dem der Examinator sagte:
„Mit dem, was er nicht wußte, hätte ich sechs andere durchfallen lassen können."
Man sieht: Nicht nur das Kind, der Schüler, der Student ist der „Perle" gegenüber anfällig, auch derjenige, der berufsgemäß gegen sie zu kämpfen hätte, der Lehrer, der Studienrat, der Professor. Wenn ein entsetzliches sprachliches Wagnis gestattet ist: „Perlare humanum est." – Die Perle ist dem Menschen eigen. – Man wird es erleben. Auch jene, die zu Hütern sprachlicher Sauberkeit und logischer Gedankenführung bestellt sind, zu vorbildlicher Sprachgestaltung, die Journalisten, Schriftsteller und Dichter, auch die angesehensten, sind gegen diese Gefahren nicht gefeit:

Ein schönes Alter

Der Mann zählte fünfundneunzig Jahre, sah aber doppelt so alt aus. (Ponson du Terrail)

Schlimmes Erwachen

Als er sich erhob, war er nur noch eine Leiche. (Ponson du Terrail)

Herr Hut
Sein zerbeulter, durchlöcherter, schmutzbedeckter Hut wies keine menschliche Form mehr auf. (Ponson du Terrail)

Beschränkte Herztätigkeit
Guillaume ist ein anständiger Junge, kam aber nie dahinter, daß sein Herz noch zu anderem dienen könne als zum Atemholen. (Alfred de Musset)

Ultraverlassen
Der Boulevard des Invalides ist gänzlich verlassen, die Avenue Duquesne ist es noch mehr. (Elie Montclerc)

Weitreichende Köpfe
Die Männer konnten nur einige Leichname aufsammeln, denen der Kopf bis zum Nabel gespalten war. (André Armandy)

Unbefleckte Empfängnis
Diese jederzeit artigen Schönen ritten auf ihren Zeltern über das Gefilde und starben mit achtzig Jahren ebenso jungfräulich wie ihre Mütter.

Spiele nicht mit ...
Ein Beispiel, wie gefährlich es ist, Kindern Streichhölzer zu überlassen! Ein kleines Mädchen, das am offenen Fenster mit Streichhölzern spielte, beugte sich hinaus, um auf die Straße zu sehen. Sie stürzte vom achten Stock hinab und war auf der Stelle tot. (Presse)

Wer hat da Glück gehabt?

Ein Vorfall, der leicht schlimme Folgen hätte haben können, spielte sich im Stadtviertel „Temple" ab. Ein Dachdecker verlor das Gleichgewicht und stürzte vom sechsten Stock hinunter. Glücklicherweise fiel er zwei Frauen auf den Kopf, die sich gerade auf dem Gehsteig unterhielten und die so seinen Sturz abbremsten. Der Dachdecker erhob sich, heil und gesund. Die beiden Frauen waren auf der Stelle tot. (Presse)

Schlußfolgerung

Eine achtbare Dame aus der Gegend von Auxerre wurde ermordet aufgefunden, von einundzwanzig Dolchstichen durchbohrt. Die Untat wird allgemein böswilliger Gesinnung zugeschrieben. (Presse)

Die sprechende Hand

In der einen Hand hob er seinen Dolch, und mit der anderen sagte er etwas. (Ponson du Terrail)

Die Stunde der Entscheidung

Obwohl die Luft milde war und ein Feuerchen im Kamin brannte und züngelte, wagte es die Prinzessin, vielleicht zum erstenmal in ihrem Leben, ihrem Schicksal ins Auge zu blicken. (Marcel Prévost)

Einer Mutter Sohn

Denk daran, daß deine Mutter eine Frau war. (Michel Morphy)

Multiplikation der Arme
Die Verwaltung des Strafvollzugs verfügt mit ihren 15 000 Sträflingen über 30 000 Paar Arme. (Pierre Mille)

Zugenähter Mund
Ein Polizeikommissar antwortet schweigend: „Verrückt ist sie nicht." (Honoré de Balzac)

Starker Tobak
Zwei Seelen explodierten, in denen sich der Haß bis zum Hals angestaut hatte. (Michel Zévaco)

Der kleine Korporal
Bonaparte ist gewiß ein großer Schlachtengewinner. Aber davon abgesehen, ist der geringste General genauso geschickt wie er. (Chateaubriand)

Ein spitzes Lächeln
Monsieur Chruschtschow begann, seine Unzufriedenheit zu bekunden, indem er nervös mit seiner Gabel lächelte. (Aurore)

Allgemeiner K. o.!
Fahrzeuge nebst Insassen wurden auf den Fahrdamm geschleudert, woselbst sie reglos liegenblieben. (La Suisse)

Es ist ja allgemein bekannt, daß die Ausdrucksweise der Abgeordneten, Bürgermeister und Senatoren häufig genug entgleist. Deshalb halte ich es für gut, noch einige mehr oder weniger aktuelle Beispiele anzuführen, schon um die Knilche von ihrem Komplex zu befreien. Sie sehen: Es geht ganz anderen Leuten so wie ihnen selbst.

Auf und ab

Wir sind bestürzt über die Steuerlawine, die da steigt und steigt, um unbekannte Höhen zu erklimmen. (Ein Abgeordneter)

Zukunftsvision

Die Basis des Gesellschaftsgefüges mag ja zusammenbrechen. Aber die Gipfel werden unerschütterlich stehenbleiben. (Ein Abgeordneter)

Kleinmodell

So kleine Eier hat man geliefert, wahre Kindereier!

Ein schlimmes Subjekt

Ein Leben hat der Angeklagte geführt, meine Herren, wie ein Stuhlbein, dessen Lehne Sie in Händen halten.

Ausweis vorzeigen!

Nicht einen Schritt weit darf ein Schiff einen Kanal befahren, ohne seinen Fahrtausweis vorzuweisen.

Die polyglotte Schreibmaschine

In Evian beginnen die Schreibmaschinen in allen Sprachen loszuknattern. (Rundfunk)

Zweifelhafte Abrechnung
Quittungen gibt es hier nicht. Die Abschlagszahlungen erfolgten mündlich.

Obwohl
Das unglückliche Opfer ist ins Krankenhaus übergeführt worden, wo sich sein Zustand von Stunde zu Stunde bessert, obwohl sich die Ärzte an seinem Lager ständig ablösen.

Weise Vorsicht
Am Tage vor dem Brand sind stets die Pumpen sorgfältig zu kontrollieren. (Ein Bürgermeister)

Der fliegende Fisch
Der sozialistische Fisch hat Blei in den Flügeln. (Ein Abgeordneter)

Wissen ist Macht!

Nichts darf das Gehirn unserer Kinder daran hindern, auf den Bänken unserer Universitäten Platz zu nehmen. (Ein Abgeordneter)

Das deponierte Modell

Bereits im Jahre 1630 gab es in Rouen eine Handelskammer. Sie war nach dem Modell jener Handelskammer eingerichtet, die in Rouen heute noch besteht. (Ein Gemeinderat)

Nicht übertreiben!

Es ist den jungen Leuten gewiß gestattet, die Trommel zu rühren, aber unter der Bedingung, daß sie keinen Lärm machen. (Ein Bürgermeister)

Das möchte man gern sehen

Meine lieben Kollegen! Ich bin ein Ehrenmann. Ich schwöre es Ihnen. Wäre ich's nicht, würde ich es laut verkünden und mir selber ins Gesicht spucken. (Ein Abgeordneter)

Komische Anatomie

Durch meinen Mund spreche ich mit der Sprache meines Herzens.

Ihnen gesagt, meine Damen!

Die Frau, meine Damen und Herren, ist ein Kunstgegenstand, den wir achten müssen, wie ein Antiquar seine alten Vasen achtet. (Ein Abgeordneter)

Aber nicht nur die Abgeordneten sind galant. Als Beweis diene die kurze Ansprache des Delegierten der Franzosen von Rio de Janeiro, als Sarah Bernard in Brasilien einen Besuch machte:
„Madame, ich bin besonders glücklich über die Gelegenheit, die mir geboten ist, Ihnen meine Freude über Ihre Gegenwart in unserer Mitte zu bekunden. In Ihrer Person steht ein Stück Vaterland vor uns. Stets werden Sie von uns begeistert aufgenommen werden, sind Sie doch wie jene guten französischen Markenweine, die durch das Alter nur noch besser werden."

Verkehrsbesonnen

Dem hohen Gerichtshof möchte ich mitteilen, daß mein Klient ein sehr besonnener und vorsichtiger Fahrer ist. Nie überholt er einen Wagen, der schneller fährt als er.

Einmütig

Der Gerichtshof kann meinen Klienten fragen, der hinter mir steht und leider kein Französisch versteht. Er wird das gleiche sagen wie ich.

Seien wir optimistisch

Das Opfer weist zahlreiche Kopfverletzungen auf, sogar tiefe. Doch sind die Ärzte der Meinung, daß eine Amputation nicht erforderlich sei.

Sonst nichts

Der Mörder hat dieses Verbrechen in diebischer Absicht unternommen. Zum guten Glück hatte das Opfer am Tage vorher sein ganzes Geld an der Sparkasse eingezahlt, so daß nur der Verlust des Lebens in Frage kommt.

Nuance

Und jetzt ist es nicht mehr der Richter, der zu Ihnen spricht, sondern der Ehrenmann.

Genau wie andere Leute heiraten auch die Knilche, manchmal sogar noch früher, da sie durch Studien weniger abgehalten werden. Kinder kommen, und schon ist auch die Zeit da, in der man sie in die Schule zu schicken hat.

Da müssen denn die Exknilche die Nase wieder ins Buch stecken. Manche tun es mit Vergnügen und bedauern, in ihrer Jugend nicht emsiger gewesen zu sein, während sie frohgemut mit ihrem Nachwuchs vor der Schulaufgabe sitzen. Komischerweise ernten die Eltern dabei nicht selten miserable Zensuren. Man kann ja inzwischen eine recht wichtige Persönlichkeit geworden sein, ohne es deshalb zur Unfehlbarkeit zu bringen.

„Sag deinem Vater, daß er inzwischen keine Fortschritte

gemacht hat!" bemerkt dann der Studienrat nicht ohne Ironie.

Aber von den Schulaufgaben abgesehen, gibt es die Entschuldigungen, die brieflichen, die von den einstigen Knilchen mit Perlen gespickt werden, die nicht minder schön sind als jene, die sich einst in ihren eigenen Schulaufgaben vorfanden:

Guter Grund
Mein Sohn konnte gestern nicht kommen, da er verhindert war.

Noch besserer Grund
Meine Tochter hat die Schule versäumt, da sie abwesend war.

Doppeltes Malheur
Entschuldigen Sie, bitte, meinen Sohn, der nicht in die Schule kommen konnte, weil er unterwegs mit seinem Fahrradreifen platzte.

Der Ärmste
Entschuldigen Sie, bitte, die Abwesenheit meines Jungen, der krank war infolge seines Fehlens in der Klasse.

Kaum zu glauben!
Seit sie sich das Handgelenk verstauchte, kann meine Tochter schlecht gehen.

Aber all dies kommt nicht auf gegen einen Brief, den vor einigen Jahren eine schwedische pädagogische Zeitung veröffentlichte und den eine gewisse Frau Frida Hanzen an den Lehrer einer Dorfschule richtete:

„Lieber und hochgeachteter Herr Lehrer!

Mein neun Jahre alter Sohn, Ihr eifriger und gehorsamer Schüler Peter Hanzen, kann heute nicht in die Schule kommen, insofern er sich genötigt sieht, seinen Vater zu vertreten, der, wie Sie wissen, Portier in der Fabrik des Herrn Melsen ist.

In der letzten Unterrichtsstunde haben Sie geruht, unserem Peter folgende Hausaufgabe zu geben:

‚Wieviel Zeit braucht ein Mann, um zweieinhalbmal rings um ein Feld zu gehen, das vier Kilometer lang und drei Kilometer breit ist, gesetzt den Fall, der Mann legt genau dreiviertel Kilometer in der Stunde zurück?'

Nun aber, hochgeachteter Herr Lehrer, sind weder der arme Peter noch sein Vater, der Portier beim Herrn Melsen ist, noch ich, die ich Ihre ergebene Dienerin bin, mit dieser Aufgabe fertig geworden.

Da wir aber trotzdem darauf bedacht sind, unserem Sohn eine vollkommene Erziehung und Unterrichtung zu erteilen, haben wir einen Familienrat gehalten und folgende Lösung ins Auge gefaßt, für die wir Ihre hohe Billigung erhoffen und erbitten:

Peter ersetzt heute seinen Vater Olaf Hanzen, meinen Gatten, als Pförtner in der Fabrik des Herrn Melsen: Und sein Vater Olaf Hanzen, mein Gatte, begibt sich heute früh auf das benachbarte Feld, um es der Länge und Breite nach abzumessen. Die Uhr in der Hand – es ist eine Uhr von Erik Herschorn, dem besten Uhrmacher der benachbarten Stadt, und sie hat zwei Jahre Garantie –, wird er genau dreiviertel Kilometer in der Stunde um jenes verdammte Feld zurücklegen, bis er zweieinhalbmal herumgekommen ist, um dann unserem lieben Peter die Zeit mitzuteilen, die er dazu gebraucht hat. Da wir nur Arbeitsleute sind und jede Minute für uns kostbar ist, lieber und hochgeachteter Herr Lehrer, möchte ich Sie bitten, so gütig zu sein, unserem Sohn Peter nur Aufgaben zu stellen, die er, an seinem Schreibpult sitzend, lösen kann, ohne daß weder er noch sein Vater so viel Weg zurückzulegen hat.

Ihre ganz ergebene Dienerin

Frida Hanzen"

Aber nicht nur Lehrern und Studienräten gehen so drollige Briefe zu. Da gibt es noch andere, bald hier, bald da aufgefischt, von denen sich behaupten läßt, die Verfasser seien altgediente Knilche.

Rekordleistung

Ich schäme mich, so faule Kinder zu haben, vor allem, wenn ich bedenke, daß ich in Deinem Alter Tag und Nacht arbeitete, an Sonn- und Feiertagen, und manchmal noch mehr.

Zugabe

Im nächsten Monat veranstalten wir einen großen Wohltätigkeitsbasar. Wir rechnen darauf, daß Sie uns alle nicht mehr gebrauchten Gegenstände mitbringen, die sich in Ihrer Wohnung vorfinden: Bücher, Nippsachen, Kleidungsstücke, natürlich auch Ihren Gatten.

Immer höflich

Mein Vater konnte Ihren freundlichen Brief vom letzten Monat leider nicht beantworten, da er am Tage nach dessen Empfang verstarb. Wir bitten, ihn gütigst zu entschuldigen.

Der arme Kleine

(Brief eines Tiergartenwärters an seinen Direktor, der gerade seinen Urlaub verbringt)

Unser Schimpanse macht uns Sorge. Er frißt nicht.

Offenbar hat er schrecklich Kummer. Aller Wahrscheinlichkeit nach fehlt ihm ein Kamerad. Was sollen wir tun, bis Sie zurückkommen?

Tarnung
(am Ende eines Briefes) Böse bin ich nicht. Aber wenn ich Sie diesmal nicht duze wie gewöhnlich, dann geschieht es aus Angst, dieser Brief könne Ihrer Gattin in die Hände fallen.

Ultimatum
Wenn Sie mir jetzt mein Geld nicht sofort zurückzahlen, dann sehen Sie sich nur vor! Ich habe eine Nachbarin, die kennt die ganze Stadt und die Gendarmerie und den General de Gaulle und noch andere vereidigte Personen.

Neugier im Testament
Meine Erben bitte ich, eine Leichenschau vornehmen zu lassen und meinen Leichnam durch die Männer der Wissenschaft einer eingehenden Analyse zu unterziehen. Denn ich lege großen Wert darauf, über die Ursache meines Todes informiert zu werden.

Indes reicht dergleichen nicht an die Motive heran, die in den Strafregistern der Kasernen aufgezählt werden. Feldwebel, Unteroffiziere und andere Litzenträger sind als Perlenlieferanten kaum zu übertreffen:

Selbstkritik
Hat mich als einen aufgeweckten Burschen angesprochen, was unzutreffend ist.

Massiver Sonnenstich
Hat die Sonne in einem Spiegel eingefangen und sie seinem Leutnant ins Gesicht geschleudert.

Kommunizierende Röhren
Hat sich vermittels der Unterbringung in einer Trompete widerrechtlich eine Büchse Kondensmilch verschafft.

Übertreibung
Ist ohne Urlaub ausgerückt und mit vierundzwanzig Stunden Verspätung zurückgekehrt.

Tarnung
Hat sich für einen Kameraden ausgegeben, der mit ihm die gleiche Übereinstimmung des Namens aufwies.

Unwürdiges Verhalten
Hat einen alten Fetzen auf das Bett seines Korporals geworfen, der bereits zwei Stunden auf dem Kasernenhof herumlag.

Plagiat
Hat versucht, die Stimme seines Obersts nachzumachen, indem er brüllte wie ein Esel.

Oje, oje!
Hat einen Unteroffizier nicht gegrüßt, der mit ihm zusammen in die Tram einstieg, setzte seine Mütze in lächerlicher Weise auf und war dabei einigermaßen dem Trunk ergeben.

Keine Widerrede!
Dienstplan:
Alle Rekruten begeben sich ausnahmslos heute abend in das Soldatenheim, und zwar jedermann freiwillig! Befehl!

Zudem bekundet sich die soldatische Begabung zum Knilch und zur Führung von Knilchen, zur inneren wie zur äußeren, nicht nur in den Begründungen der Strafmaßnahmen. Da gibt es schon noch andere Texte, die der Erwähnung wert sind:

Gute Zähne
Als ich das Magazin revidierte, habe ich festgestellt, daß die Spaten und Schaufeln von den Ratten angenagt waren. In gleicher Weise war auch das Rad des Schubkarrens zerbrochen.

So und umgekehrt
In der Baracke 35 habe ich festgestellt, daß die Fensterscheiben zerbrochen waren, sowohl von innen wie auch von außen.

So und umgekehrt
Heute Übungsmarsch! Auf der Straße nach Paris werden zehn Kilometer zurückgelegt. Dann Kehrtwendung und Rückmarsch ins Quartier, aber in umgekehrter Richtung!

Ästhetisches
Das Kommando „Stillgestanden!“ ist die schönste Bewegung des Exerzierreglements.

Wenn die folgende Perle als die letzte und als krönender Abschluß dem heiteren Juwelengehänge eingefügt wird, dann nicht wegen ihrer besonders zugkräftigen Pointe. Es eignet ihr vielmehr der sinnbildliche Gehalt eines Abschieds.

Der Examinator fragt den Kandidaten:

„Welche drei Hauptgattungen der Dichtung kennen Sie?"

Der Prüfling ist um eine Antwort nicht verlegen:

„Die lyrische Poesie, die dramatische und die epidemische."

Mit der Lyrik hat unser Buch nicht das geringste zu tun, mit der Dramatik ebensowenig. Die weggelassene Epik kommt höchstens strichweise in Frage, wenn eine Anekdote wirksam berichtet wurde.

Aber ohne „epidemische" Beschaffenheit kommen die „Knilche von der letzten Bank" nicht aus. Sie ist ihnen im Kontakt mit den Lesern im Gegenteil von Herzen zu wünschen.

Denn das Lachen ist ansteckend, ist epidemisch, und vielleicht ist es die einzige wirklich heilsame Infektion, die unserem Menschenvolk beschieden ist.